बर्फ़

बर्फ़

उषा शर्मा

वाणी प्रकाशन

वाणी प्रकाशन

4695, 21-ए, दरियागंज, नयी दिल्ली 110 002

शाखा

अशोक राजपथ, पटना 800 004

फ़ोन : +91 11 23273167 फ़ैक्स : +91 11 23275710

www.vaniprakashan.in
vaniprakashan@gmail.com
sales@vaniprakashan.in

BARF
by Usha Sharma

ISBN : 978-93-87889-44-6
Collection of Stories

प्रथम संस्करण

मूल्य : ₹ 395

एम.एस. प्रिंटर्स, दिल्ली-110 093 में मुद्रित

वाणी प्रकाशन का लोगो मक़बूल फ़िदा हुसेन की कूची से

पूज्य सास श्रीमती शान्ति
और
श्वसुर डॉ. श्रीप्रसाद
को समर्पित
जिनके वात्सल्य और स्नेह ने
लिखने की प्रेरणा दी

भूमिका

समर्थ युवा कथाकारों की सम्भावनाशील पाँत में उषा शर्मा की सर्जनात्मक ऊर्जा स्वयं को विशेष रूप से पढ़े जाने और अलग से रेखांकित किये जाने की माँग ही नहीं करती बल्कि उनकी बहुकोणीय कथाभिव्यक्ति और कहन में विन्यस्त सुस्पष्ट कथादृष्टि, समकालीन युवा रचनाशीलता के समक्ष कुछ नयी चुनौतियों की चौखटें उघाड़ती हुई इस मुद्दे पर विचार करने की विनम्र माँग करती है कि कथा कहन में शैल्पिक गुँजलक का सायास आरोपण कथा के स्वाभाविक विकास को कहीं बाधित नहीं करता।

ज़ाहिर है उषा की कहानियाँ शैल्पिक गुँजलक से बाहर रहने के लिए सचेत हैं। वे अपने कथा विन्यास को बौद्धिक चाशनी में लपेट पाठकों को चमत्कृत करने से परहेज करती हैं। उनकी कथा दृष्टि का सुधी पाठकों से सहज तादात्म्य स्थापित हो जाता है और यह उनकी बड़ी विशेषता लगती है। इसके लिए मैं उन्हें बधाई देना चाहती हूँ। उनकी अनेक उल्लेखनीय कहानियाँ चाहे वह 'फूलदेही की छत' हो या 'बर्फ़' या 'माँ मर गयी' या 'झूलाघर' या 'अच्छा चलता हूँ' आदि इसी वैशिष्ट्य से स्पन्दित अपनी दृष्टि दायरे से सहज जोड़ लेने वाली कहानियाँ हैं कि पाठक अन्त पर पहुँचकर स्वयं को द्वन्द्व के कठघरे में दाखिल हुआ महसूस करता है।

मैं यहाँ उनकी कहानी 'बर्फ़' का ज़िक्र करना चाहूँगी। कहानी विदेशी पृष्ठभूमि से अर्जित की गयी है। खिड़की के बाहर बर्फ़ गिर रही है। बर्फ़ जितनी खिड़की के बाहर है, उससे कहीं ज़्यादा गहरे जमी हुई है वहाँ के लोगों की संवेदना पर। इतनी कि मरने पर भी वहाँ की सामाजिकता किसी ओर नहीं सुगबुगाती, न ऊष्मित हो पिघलती है। 'कोई सदा के लिए चला जाये और एक रोने की आवाज़ भी न सुनाई दे' सन्नाटे की सिम्फ़नी सी बर्फ़, भौतिक विकास के चरम को भोगती उन्नत कहलाने

वाली जीवन शैली का मौन रुदन है। 'बर्फ़' पढ़ते हुए जाने क्यों निर्मल वर्मा निरन्तर याद आते रहे।

'फूलदेही की छत' कहानी पहाड़ की फूलदेही के घर की छत भर नहीं है, उन सैकड़ों, हज़ारों घरों की छतें हैं जिन्हें देश के विकास की नींवों को पुख्ता करने के लिए विशाल बाँधों की बलि चढ़ा दिया गया है। कर्मठ, भोली फूलदेही कहती है–'अब तो सब डूब जायेगा साल दो साल में। सरकार बाँध बना रही है न! दिल्ली में बिजली जायेगी। पानी जायेगा। ठीक ही तो है सब कुछ देश के लिए होगा और फिर गढ़वाल की तो परम्परा है बेटा देश के लिए बलिदान देने की...'

अन्य कहानियों की चर्चा स्थानाभाव के चलते यहाँ सम्भव नहीं मगर उस आश्वस्ति को पुनः स्मरण करना चाहूँगी जिसे उषा की कहानियों ने पढ़ते हुए मुझे सौंपा है और जिन्हें पढ़ने पर वह आपको भी सौंपेंगी। शुभकामनाओं के साथ।

–चित्रा मुद्गल

अनुक्रम

बर्फ़

बर्फ़ की सफ़ेद रुई सी फाहें उसके काले लम्बे गर्म कोट पर धीरे-धीरे गिर रही थीं। थोड़ी-थोड़ी देर में दस्ताने पहनी हथेलियों से उन्हें छिटक कर फिर से हाथों को कोट की जेब में डालकर वह तेज़ी से चली जा रही थी। ताज़ा गिर रही नर्म बर्फ़ पर उसके जूते के निशान पड़ते और फिर से भर जाते जैसे कि वह वहाँ चली ही नहीं थी। मेरी नज़र उसे तब तक देखती जाती जब तक कि वह नज़रों से ओझल न हो जाये। यहाँ तक कि उसके बाद भी, जब तक कि उसके जूते के निशान फिर से बर्फ़ से नहीं भर जाते। न जाने कब से यह मेरा सुबह का क्रम बन गया था। एक हाथ में कॉफ़ी का कप लेकर हीटिंग पैनल के पास सोफ़े पर, ज़रा-सा पर्दा सरका कर बैठ जाती, उसके आने का इन्तज़ार करती और उसके जाने के बाद ही वहाँ से हटती।

आज रात से ही बर्फ़ गिरनी शुरू हो गयी थी जो सुबह तक लगभग चार-पाँच इंच मोटी हो गयी। मेरी खिड़की के बाहर सुबह-सबेरे ही हलचल शुरू हो गयी थी। बर्फ़ की मोटाई, ऊँचाई और ठण्ड से बेख़बर लोग काले कोट और ऊँचे जूतों के अन्दर गर्म-गर्म सा महसूस करते हुए अपने-अपने कामों के लिए भागे जा रहे थे। चलते-फिरते ये लोग ऐसे लगते जैसे कि बुत चले जा रहे हैं। सच ही तो है, इस खिड़की पर बैठे लोगों को देखते मुझे पाँच हफ़्ते तो हो ही गये मगर आज तक तो मैं किसी का चेहरा देख ही नहीं पायी। किसी का क्या, उसका भी नहीं जिसे मैं रोज़ देखती हूँ। पहले चुपके चुपके, फिर बेधड़क। सिर्फ़ जूतों से अन्दाज़ लगाया है कि वह कोई लड़की या महिला है। कैसी दिखती है, कहाँ रहती है, कहाँ जा रही है, सच मुझे इच्छा नहीं हुई कि जानूँ।

ख़ैर, कॉफ़ी का प्याला ख़त्म कर मैं भी खड़ी हो गयी। क्या-क्या करना है किचन में? अरे ये तो साढ़े आठ बज गये और यूनिवर्सिटी

पहुँचना है साढ़े ग्यारह बजे। बाहर की ठण्ड देखकर लगा कि छोड़ो कौन जाये। रज़ाई में ही घुस जायें फिर से। और सचमुच मैंने ऐसा ही किया। एक कप कॉफ़ी बनायी और रज़ाई में घुस गयी। काफ़ी देर तक टी.वी. के चैनलों को बदल-बदल कर थक गयी। कुछ देखने लायक नहीं, कम से कम मेरे लिए तो। आलस छोड़ नहाने घुस गयी। लम्बे-चौड़े जकूज़ी में गरम पानी, ख़ूबसूरत बाथरूम। मैं सोच रही थी कि इतनी आराम और सुविधा भरी ज़िन्दगी में कुछ वर्षों रह लेने के बाद भारत में कैसा लगेगा। मुझे सब कुछ याद आने लगा। बेहद गर्म और उमस भरी दोपहर, पसीने से बदबू मारता बदन, मच्छरों की भनभनाहट से भरी आतंकित करती रातें, कछुआ छाप और मॉरटिन की मिलीजुली गन्ध और छोटा-सा सीलनभरा बाथरूम।

मैंने ज़ोर से सिर झटक दिया। क्या ज़रूरी है कि मैं ये सब कुछ याद करूँ यहाँ योरोप में। मेरे पति हरदम मुझसे यही कहते थे 'देखो हम हज़ारों किलोमीटर दूर हैं अपने देश, अपने शहर, अपने गाँव से। लेकिन तुम इसका अहसास नहीं कर पाती हो। सोचो, लाखों रुपये ख़र्च करके आयी हो यहाँ।'

हाँ ठीक ही कहते हैं ये। कहीं भी घुमाने ले जाते तो बर्फ़ से ढँके पहाड़ और चीड़, देवदार के पेड़, नाशपाती और सेब से भरे पेड़ों, कच्चे अखरोट की ख़ुशबू से दमकते रास्तों पर मैं मसूरी, टिहरी, और पौड़ी ही ढूँढ़ती। झट माँ, पापा को फ़ोन करती—"माँ, पता है, यहाँ तो बिल्कुल ऐसा लग रहा है जैसे मसूरी और पौड़ी।" पापा ज़ोर से हँसते।

ड्राइविंग सीट पर बैठे मेरे पति मुझे गुस्से से घूरते। रोज़ की बात हो गयी ये तो। चलो भई देर हो रही है। मैंने ख़ुद को पानी से बाहर निकलने के लिए मजबूर किया। जल्दी-जल्दी तैयार हुई। पर्स लिया फिर सोचा क्यों न फिर से बाहर झाँक कर देखूँ बर्फ़ और कितनी ऊँची हो गयी।

परदा सरकाया, सामने पार्किंग में लाल रंग की लम्बी-सी एक पुरानी कार आकर रुकी। उसमें से वह बाहर निकली। बस उसके जूते, स्कार्फ, कोट और उसकी चाल से उसे पहचाना। उसी से पहचानती हूँ उसे हमेशा। उसके पीछे लम्बे-चौड़े गोरे-गोरे चार युवक निकल कर आये। मैं कुतूहलवश वहीं खड़ी रह गयी। आस-पास कोई नहीं, चारों तरफ़ सिर्फ़ सन्नाटा ही सन्नाटा। कैसे रह लेते हैं लोग इतनी शान्ति में। हमारे देश में तो इतनी शान्ति की कल्पना कोई हिमालय में भी क्या ही करेगा।

इतना बड़ा अपार्टमेण्ट, न जाने कितने फ़्लैट हैं, न जाने कितने प्रवेश-द्वार। लोग आते-जाते भी हैं, लेकिन चुपचाप। मुझे अपना बचपन याद आता है। कक्षा में शोर होने पर टीचर नाराज़ होकर मुँह में उँगली रख लेने को कहा करती थी और हम लोग मुँह में उँगली रखकर भी बातें करते रहते थे। मुझे हँसी आ गयी। यहाँ तो बच्चे रोते तक नहीं। पता नहीं कैसे हैं ये लोग। यहाँ तक कि हर फ़्लैट में दो-दो कुत्ते हैं पर भौंकते भी नहीं। आवाज़ें होती हैं तो सिर्फ़ गाड़ियों के स्टार्ट होने की। यहाँ हॉर्न बजाना भी पाप की तरह है।

छोड़ो, मैं भी क्या सोचने लगी। मैंने परदे ठीक किये, ध्यान से कार को देखा, अरे ये तो शायद शान्तिवाहन है। मैं धक् से रह गयी। वे चारों युवक उसमें से ताबूत निकाल रहे थे।

क्या हुआ? कौन मर गया? मेरा जी कैसा-कैसा तो होने लगा। मेरी नज़रें लगातार उन युवकों का पीछा कर रही थीं।

शायद उसके घर में ही कुछ हुआ होगा? लेकिन अभी सुबह-सुबह तो वह रोज़ की तरह चली जा रही थी। किसी भी अनहोनी की आशंका नहीं की जा सकती थी। फिर...। मैं तो उसे जानती तक नहीं। युवक नज़रों से ओझल हो गये। कहाँ रहती होगी ये। मैंने झटपट दरवाज़ा खोला और बाहर दौड़ी पार्क की तरफ़। अरे ये तो अपनी ही बिल्डिंग में जा रहे हैं। तो क्या ये यहीं रहती हैं? इसी बिल्डिंग में, जहाँ मैं रहती हूँ? इतने पास। मैं पार्क में खड़ी रह गयी।

"कदे त्वाय तु उबुफकी (तुम्हारे जूते कहाँ हैं?)" एक बूढ़ी-सी औरत ने मुझे लगभग डाँटने वाले अन्दाज़ में कहा।

मैं जैसे खो सी गयी थी। "इज़विन्यावै (क्षमा चाहती हूँ)। मैरसी जा, मिसली न मैंने (मेरी चिन्ता के लिए धन्यवाद)।"

सचमुच मैं घर की चप्पलों में ही इतनी ठण्ड और बर्फ़ में बाहर निकल आयी थी। अब मुझे अपने पैर जमते से लग रहे थे। मैं तेज़ी से वापस घर आयी। ऊपर से ओवर कोट डाला और नीचे घर की चप्पलें। अजीब हैं हम भारतीय इतने संवेदनशील। एक मेरी काम वाली है, ज़रा सा कचरा बाहर जाकर फेंकना होता है तो भी लिपस्टिक लगाने से नहीं चूकती।

मैं अपने दरवाज़े पर पहुँची ही थी कि देखा दूसरे दरवाज़े से वे युवक प्रवेश कर रहे थे। बीच में थी तो सिर्फ़ शीशे की दीवार। मतलब

मेरा और उसका घर एक ही दीवार के इधर-उधर है। लेकिन मैं ऐसा क्यों सोच रही हूँ? कोई ज़रूरी तो नहीं कि यह उसके ही घर में हुआ हो, कहीं दूसरे के घर में भी कुछ हो सकता है। लेकिन मन नहीं मान रहा था। मैं वापस घर आ गयी।

अब यूनिवर्सिटी जाने का कतई मन नहीं हो रहा था। मैंने फ़ोन उठा कर तान्या को लगा दिया। "तान्या जी क्षमा कीजिए आज मैं नहीं आ सकूँगी।"

"कोई बात नहीं, लेकिन आपका स्वास्थ्य ठीक है न?" उधर से तान्या जी की गम्भीर लेकिन उत्साह से भरी आवाज़ आयी।

"जी मैं बिल्कुल ठीक हूँ।"

"आज ठण्ड भी अधिक है और रात से ही बर्फ़ गिर रही है। आप अपना ध्यान रखें। लेक दैन (गुड डे)।"

"ब्लागोदारिया (धन्यवाद)।"

मैंने फ़ोन रख दिया। कोट उतारकर मैं फिर से हीटिंग के पास सोफ़ा खिसका कर बैठ गयी। पैर जम से गये थे। उनके होने का अहसास बहुत देर तक पैर को हीटिंग से सटाकर रखने के बाद हुआ।

मैं साँस रोके पड़ोस में होने वाली हलचल को महसूस करना चाहती थी। लेकिन उधर एकदम शान्ति थी। हमेशा की तरह। कोई हमेशा के लिए चला जाये और रोने की आवाज़ भी न सुनाई दे? मेरा दिल ख़ुद रोने-रोने को हो आया। मुझे यहाँ बैठे-बैठे अपने माँ, पिता, सास, ससुर सबकी याद आने लगी।

मेरे घर के ठीक सामने वाले पेड़ की आख़िरी टहनी पर एक पत्ता अभी भी टँगा हुआ था जबकि बाहर तेज़ हवा चल रही थी। ठूँठ से खड़े पेड़ों की टहनियाँ बर्फ़ से ढँक चुकी थीं। सामने खड़ी लाल गाड़ी के शीशे और छत पर बर्फ़ पूरी तरह जम चुकी थी। ओह, यहाँ के ग़रीब लोग कैसे रहते होंगे। क्या उनके घर में भी हीटिंग होगी और गरम पानी? उन्हें तो आदत होगी इस ठण्ड में जीने की, मैंने सोचा। आख़िर हमारे देश में भी तो 47 डिग्री सेल्सियस में लोग बिना पंखे, कूलर और ए.सी. के जीते ही हैं न।

अचानक हवा और तेज़ हो गयी। बर्फ़ से ढँकी पेड़ों की टहनियाँ इतनी भारी हो चुकी थीं कि वे अपने ऊपर जमी बर्फ़ को ज़रा-सा गिराकर स्थिर हो जातीं। बर्फ़ के फाहे आपस में टकराते, इधर-उधर भागते, कहीं

भी गिर पड़ रहे थे। ऐसा लग रहा था मानो सदियों से इस रास्ते पर कोई चला ही नहीं। शीशे पर आँखें गड़ाये सिर्फ़ मैं ही थी वहाँ।

तभी चारों युवक ताबूत को अपने कन्धों पर उठाये धीरे-धीरे आते दिखे। मैं सोफ़े पर से खड़ी हो गयी और खिड़की के बिल्कुल पास आ गयी। वे इतने धीरे चल रहे थे मानो ताबूत के भीतर जो व्यक्ति सोया है वह कहीं ज़रा-सा हिलने पर उठ न जाये। बस सिर्फ़ वे चार युवक और कोई नहीं। आस-पड़ोस या कोई नाते-रिश्तेदार, कोई तो होना चाहिए। ये युवक तो कतई रिश्तेदार नहीं हो सकते। चारों कुछ लाल काली-सी वर्दी पहने हुए थे, एक-सी। ये तो कर्मचारी लगते हैं? हे भगवान...इतनी बड़ी बिल्डिंग में इनका कोई नहीं?

ख़ामोशी से चलते चारों के बूटों के गहरे निशान बर्फ़ में पीछे छूटते जा रहे थे। मेरी निगाहें शीशे में से औरों को बेचैनी से ढूँढ़ रही थीं। कहाँ हैं और लोग? और वह भी कहाँ गयीं? मेरा दम-सा घुटने लगा। वे युवक कार के एकदम पास पहुँच गये थे।

उनमें से आगे वाले ने बिना ताबूत छोड़े, एक हाथ से चाभी का बटन दबाया। दरवाज़ा खुल गया। पीछे का दरवाज़ा खोलकर उन्होंने बेहद फुर्ती और सावधानी के साथ ताबूत को सीट पर टिकाया ही था कि लगभग दौड़ते हुए वह कार के पास पहुँच गयी। युवक थम गये। उसने दोनों हाथों से ताबूत को मज़बूती से पकड़ने की कोशिश की लेकिन दस्ताने वाले हाथ ताबूत से फिसल गये। उसने बेहद धीरे-से ताबूत को सहलाया और उसके ऊपर अपना सिर टिका दिया। शायद वह रो रही थी। युवक उसे देख रहे थे। उसने ताबूत के ऊपर गिरी बर्फ़ को दोनों हाथों से साफ़ किया और आहिस्ता-आहिस्ता ताबूत से दूर होती चली गयी। युवकों ने फुर्ती से ताबूत को अन्दर सरकाया। दो युवक वहीं पीछे बैठ गये। उसने सिर उठाकर दरवाज़ा बन्द होने के पहले अन्तिम बार ताबूत को देखा। पास आयी और फिर से हल्के से उसे छुआ। एक युवक ने आगे बढ़कर उसे गले से लगा लिया। दूसरा उसके कन्धे को थपथपा रहा था। बाक़ी दोनों ने दरवाज़ा बन्द कर दिया। दरवाज़ा बन्द होने के साथ ही ढेर सारी बर्फ़ जो कार पर जमी थी धप्प की आवाज़ करती हुई गिर पड़ी। उसने चौंक कर सिर उठाया। दोनों युवक कार की ओर बढ़ गये। लाल रंग की पुरानी-सी कार धीरे-धीरे खिसक रही थी और देखते ही देखते वह आँखों से ओझल हो गयी। पीछे छोड़ गयी तो गहरे काले टायरों के निशान।

सफ़ेद बर्फ़ के बीच काले कोट में वह अकेली खड़ी रह गयी थी। वह बार-बार कोट की जेब से हाथ निकालती। शायद आँसू पोंछ रही थी। आस-पास कुछ भी नहीं। अचानक बेहद तेज़ हवा का झोंका आया। सामने के पेड़ की सबसे आख़िरी टहनी का पत्ता टूट कर उड़ता-उड़ता आया और उसके कोट पर अटक गया। वह धीरे-से मुड़ी और सुस्त क़दमों से धीरे-धीरे अपने घर की ओर बढ़ गयी। उसने सिर उठाकर मेरी खिड़की की ओर देखा। मैं अभी भी खिड़की से चिपकी खड़ी थी। मेरे आँसुओं से शीशे पर अब तक ढेर सारी भाप बन गयी थी जिससे बाहर की सब चीज़ें मुझे धुँधली दिख रही थीं।

मिसेज़ रंगनाथन कॉलिंग

मिसेज़ रंगनाथन कॉलिंग, मेरा मोबाइल फ़ोन लगातार फ्लैश कर रहा था। मैं दुविधा में पड़ गयी। उठाऊँ या नहीं। इसी ऊहापोह में पड़े-पड़े मैंने अनमने ढंग से फ़ोन उठा लिया।

"हैलो"—उधर से मरियम थी—मिसेज़ रंगनाथन की बूढ़ी, सतर और कड़क सेक्रेटरी—"मिसेज़ कौशल, मैडम बात करेंगी।"

"जी"

"गुड मॉर्निंग मिसेज़ कौशल, हाऊ आर यू?"

"गुड मॉर्निंग मैडम, फाइन हाऊ..." मेरे कुछ बोलने के पहले ही उनकी रोबदार आवाज़ गूँजी—"काफ़ी देर से ट्राई कर रही थी मरियम तुम्हें, शायद तुम बिज़ी होगी।"

"हूँ...यूँ ही, नहीं" ...मैंने अटकते हुए कहा। दरअसल मुझे सूझ ही नहीं रहा था कि क्या कहूँ।

"कल फ्री हो 12 बजे? मीटिंग है मेरे घर पर, ठीक 12 बजे।"

"अब फ्री होऊँ या न होऊँ। इससे उन्हें क्या? बॉस की बीवी का हुक्म, जाना तो होगा ही।"

"जी, मैं पहुँच जाऊँगी ठीक 12 बजे।"

"मीटिंग अनौपचारिक ही रहेगी, बस सिर्फ़ हम इण्डियन्स और एक दो मेरी सहेलियाँ शायद, कोई ज़रूरी भी नहीं कि वे रहें।..."

"जी"

फिर कुछ याद सा करती बोलीं—"तुम्हें गाड़ी की ज़रूरत पड़ेगी क्या? कैसे आओगी।"

'जी, मैं मैनेज कर लूँगी। टैक्सी बुलवा लूँगी या फिर...' मैंने कल का दिन कैलेंडर में टिक करते-करते कहा।

"नहीं, टैक्सी मत करना तुम। मैं गाड़ी भिजवा दूँगी..." वे आत्मीयता से बोल पड़ीं।

"थैंक्यू मैडम..." उन्होंने फ़ोन रख दिया था।

लो अब करो चिन्ता मीनल...क्या पहनोगी, किस टॉपिक पर बातचीत होगी—कौन-से गेम खेले जायेंगे, किसकी हँसी उड़ाई जायेगी और मैं इस बार क्या ले जाऊँ?

आनन्द हमेशा मुझे इस दुविधा में देखकर हँसते हैं और बेटा अमित तो दो हाथ आगे ही है।

"माँ, लगता है तुम पार्टी में नहीं, हलाल होने जा रही हो।" आनन्द कहते—"यार तुम पार्टी इन्जॉय नहीं करतीं। खाओ-पीओ-हँसो, बतियाओ और आ जाओ। जाओगी भी डरती, काँपती और आओगी तो सारी दुनिया का बोझ सिर पर लादकर।"

इन्हें कैसे समझाऊँ कि मैं इन्जॉय नहीं कर पाती इस दिखावे की दुनिया में। न जाने माँ-पिता ने कौन से संस्कार देकर पाला-पोसा है। क्लब, किटी पार्टी इन सबसे कैसा अजीब-सा डर लगता है मुझे। लेकिन यहाँ तो ये कल्चर है। न जाने का तो प्रश्न ही नहीं। ऑर्डर मतलब ऑर्डर। पहले-पहल तो मैं झूठ बोल-बाल कर बचती रही लेकिन ये एक-दो दिन की बात तो थी नहीं, रोज़ कब तक बहाने बनाती। ऐसा नहीं कि मैं बुक क्लब, ब्रिज क्लब या किसी क्लब से डरती थी या घबराती थी। किताबें पढ़ने का शौक़ तो मुझे बचपन से ही था। जब छोटे थे तो एक कहानी की किताब मैं और मेरा भाई शेयर करते। मैं जल्दी पढ़ती वो धीरे-धीरे तो मैं पीछे के पन्ने को झाँक-झाँक कर पढ़ा करती। बड़े होने पर हमारे शौक़ अलग हो गये लेकिन पढ़ने का शौक़ वैसा ही रहा। हम आपस में किताबें बदल लेते। वह डिटैक्टिव किताबों का शौक़ीन तो मैं रोमांटिक कहानियों की। अब मैं और मेरा बेटा किताबें बदल-बदल कर पढ़ते हैं। इस क्लब की भी सभी नयी-पुरानी किताबें मेरी पढ़ी हुई हैं। लेकिन न जाने क्यों मैं वहाँ जाना ही नहीं चाहती। बस सिर्फ़ एक ही चीज़ वहाँ मुझे अच्छी लगती है कि नयी-नयी किताबें ऑर्डर होतीं और बाज़ार में आने से पहले ही वहाँ आ जातीं।

पुस्तकों में मिसेज़ रंगनाथन की बेहद रुचि थी। किताब आयी नहीं कि उन्होंने ऑर्डर किया। पढ़तीं और फिर मुझे दे देतीं और इस तरह मैं बिना मेम्बर बने ही मेम्बर हो गयी। लेकिन इसका सबसे बड़ा

ख़ामियाजा जो मुझे भुगतना पड़ता, वह था, दूसरों को भी इसके बारे में बताना—"मिसेज़ कौशल आपने स्नो पढ़ ली?"

"हाँ" मैं कभी ठीक से झूठ नहीं बोल पाती हूँ।

"प्लीज़ समरी बता दीजिए न..."

और लो मैं समरी बताने लगी...

मेरा बेटा अमित डाँटता—"माँ तुम झूठ क्यों नहीं बोल सकतीं... बोलो न कि तुमने अभी नहीं पढ़ी है। और फिर जब ये बातें वे मीटिंग में डिस्कस करेंगी तो तुम तिलमिला जाओगी।"

"मुझसे नहीं बनता ऐसा"—मैं रुआँसी हो जाती।

"अपनी माँ से कुछ मत कहो... उनका बस चले तो..." आनन्द बोले।

"तो क्या?" मैं तुनक उठती।

"सारी नाराज़ी तो हमें ही दिखाओगी। बाक़ी सबके लिए प्यारी मिसेज़ कौशल"—दोनों हँसने लगते।

मुझे बेहद चिढ़ होती थी जब दूसरी महिलाएँ किताब बिना पढ़े ही मेरी बतायी समरी को इतने आत्मविश्वास के साथ क्लब में सुनातीं और उन छोटी-छोटी बातों पर भी चर्चा करतीं जिन्हें मैंने ही उन्हें बताया होता था। मुझे पता है कि यह सब मिसेज़ रंगनाथन को इम्प्रेस करने के लिए ही होता है।

मैं चुप ही रहा करती। मिसेज़ रंगनाथन मुझे देखतीं तो मैं बचने की कोशिश करती रहती। न जाने वे क्या सोचती होंगी कि किताब तो इसे दी और ये है कि...

ब्रिज खेलना भी मुझे आता है। सिर्फ़ ब्रिज ही नहीं टेबल टेनिस, लॉन टेनिस, बास्केटबॉल और ढेर सारे दूसरे खेल भी। खेल मेरे लिए उतने ही प्रिय हैं जितना किताब पढ़ना। इस देश में ये सुविधा है कि हर पार्क में टेबल टेनिस की टेबल लगी है, हम तीनों रोज़ शाम को पास के पार्क में जाते। आनन्द किताबें पढ़ते या लैपटॉप पर काम करते। मैं और अमित टेबल टेनिस खेलते। बेटे को ये सारे खेल खेलना मैंने ही सिखाया था।

घर में बैठकर हम लोग ब्रिज भी खेला करते लेकिन घर पर ब्रिज खेलना क्लब में खेलने जैसा नहीं। वहाँ न जाने कहाँ से दिखावटीपन धम्म से आ गिरता है सबके बीच। हँसी कहीं ग़ायब हो जाती है और ओढ़नी पड़ती है मुस्कान। वह भी दूसरों की व्यंग्यात्मक मुस्कान के बदले में। नहीं, नहीं मैं ये सब नहीं कर सकती। चाहे मिसेज़ रंगनाथन कुछ

भी क्यों न सोचें। क्या होगा? मेरे पति कर्मठ हैं, ईमानदार हैं, मेहनती हैं। फिर मैं भी तो सबकी इज़्ज़त करती हूँ और सबसे ज़्यादा पढ़ी-लिखी हूँ। फिर मिसेज़ रंगनाथन को इतना इम्प्रेस क्यों करना? ये मेरी समझ के बाहर था।

"मिसेज़ कौशल आपने ब्रिज क्लब ज्वाइन किया क्या?" सीमा ने अपने गुलाबी गालों को और गुलाबी किया हुआ था। मैं उसे देखती रह गयी। नाटे क़द की सीमा सुन्दर तो है ही, तेज़ भी बहुत है। बी.ए. पास इस लड़की में कितना आत्मविश्वास है।

"नहीं," मैंने उसे ज़्यादा तवज्जो नहीं दी।

"तो फिर आप जनरल क्लब की मेम्बर हो जाइये न।"

"सोचूँगी"—मैंने उसे टरकाते हुए कहा और सामने रखी तस्वीर को ध्यान से देखने का बहाना करने लगी।

"ये तस्वीर टॉमी और मैडम की है। टॉमी को मैडम अपने बेटे जैसा ही प्यार करती हैं। बारह साल से टॉमी मैडम के साथ ही रह रहा है, वे जहाँ भी जाती हैं उसे अपने साथ ही रखती हैं।"

"यहाँ तो सिर्फ़ मेरे हसबैंड ही उसे सँभाल पाते हैं"—मेरे साथ तस्वीर देखते सीमा ने इठलाते हुए यह महत्त्वपूर्ण बात बतायी।

"अच्छा..." मैंने भी बात को और महत्त्वपूर्ण बनाते हुए उसकी ओर देखा।

"हूँ..."सीमा कुछ और कहना चाहती थी कि तभी मिसेज़ कपूर, मिसेज़ धरम, मिसेज़ बाच्छानी, मिसेज़ रावत एक साथ घुसीं।

"देखा, चारों ने एक ही टैक्सी की होगी"—सीमा ने धीरे-से मेरे कान में फुसफुसाते हुए कहा और मुस्कुराकर उनका स्वागत किया—"अरे आप लोग पूरे चार मिनट लेट हो गये।"

"तो सीमा अब लेट होने की सफ़ाई तुम्हें देनी होगी क्या?" मिसेज़ धरम लगभग नाराज़ सी होते हुए बोलीं और लम्बे-चौड़े, सजे-धजे हॉल में साथ लाये फूलों के लिए जगह तलाशने लगीं।

मुझे अचानक याद आया—अरे मैं तो हड़बड़ी में यह औपचारिकता करना भूल ही गयी। हमेशा इस तरह के दिखावे में मैं पीछे रह जाती हूँ। आनन्द इसे दिखावा ही कहते हैं। लेकिन यहाँ यह दिखावा नहीं, मैनर्स हैं, जिन्हें कभी-कभी हमें भी कर लेना चाहिए। छोड़ो...अब क्या हो सकता है।

हरी साड़ी में सजी ख़ूबसूरत मिसेज़ धरम, मिसेज़ रंगनाथन के बाद के दूसरे बड़े ऑफ़िसर की पत्नी थीं। छोटे शहर की मुँहफट और थोड़ा कम पढ़ी-लिखी। लेकिन अपने इस पद का निर्वाह करते-करते वे हर दाँव-पेंच को अच्छी तरह समझ चुकी थीं। रंगनाथन के पी.ए. की बीवी उन्हें समय के लिए टोके उन्हें कतई पसन्द न आया। वे मेरे बगल के सोफ़े में बैठ गयीं और बाक़ी सभी को बैठने के लिए कहा। यन्त्रचालित से सभी अपनी-अपनी जगह पर बैठ गये। पद के हिसाब से सभी की जगहें नियत थीं। मैं कभी-कभी इसमें भी मिसफिट हो जाती। मेरे पति को यह पोस्टिंग भारत सरकार ने कुछ वर्षों के लिए दी थी और पद में मेरे पति मिस्टर रंगनाथन के बाद थे। लेकिन पोस्टिंग हमेशा के लिए नहीं थी। हमें फिर वापस आ जाना था। इसलिए मैं कभी इस झंझट में नहीं पड़ना चाहती थी और न ही मेरी ऐसी फितरत थी। मेरे लिए हर व्यक्ति एक मनुष्य था। सबकी एक स्वतन्त्र पहचान। लेकिन यहाँ इसकी बड़ी कमी थी। कोई स्वतन्त्रता नहीं। सभी मिसेज़ फलाँ फलाँ। कोई सीमा, रेखा, मीनल या अंजू नहीं। और पद का इतना लिहाज़ कि सपने में भी अपनी-अपनी कुर्सी पर ही बैठें। मुझे हँसी आ गयी।

"क्या हुआ मिसेज़ कौशल?" तनावपूर्ण इस वातावरण में मुझे हँसते देख मिसेज़ धरम ने पूछा।

"कुछ नहीं ऐसे ही कुछ याद आ गया।" मैंने मुस्कुराते हुए कहा।

मिसेज़ धरम सीमा की बात से बेहद चिढ़ी हुई थीं। उन्हें मेरा ऐसा हँसना शायद अपना अपमान लगा। बोलीं—"यहाँ तो पी.ए. की बीवी को भी सफाई देनी पड़ती है मिसेज़ कौशल कि हम लेट क्यों हुए? पता है बाहर कितनी बर्फ़ है? फिर कार तो हसबैंड ले गये और टैक्सी ने भी आने में चार मिनट देर कर दी।" फिर अचानक कुछ याद करते हुए बोलीं—"आप कैसे आयीं?"

मैंने प्रश्न को अनसुना कर दिया और बोली—"हाँ, बाहर तो बहुत बर्फ़ है। शायद अब तक की सबसे ज़्यादा। आप बहुत अच्छी दिख रही हैं।" मिसेज़ धरम ख़ुश हो गयीं।

लेकिन सीमा कैसे चुप रहती। "कौशल मैडम को लेने के लिए तो हमारी मैडम ने अपनी कार भेजी थी"—सीमा अपने अपमान का बदला शायद इसी तरह लेना चाहती थी।

"हाँ इनका घर है भी तो शहर के बाहर। वहाँ तो टैक्सी पहुँचने में भी दस मिनट लगते हैं।" मिसेज़ धरम ने कहा।

"लेकिन घर है बहुत सुन्दर। वहाँ तो मैडम रंगनाथन को भी घर मिल रहा था पहले लेकिन उन्होंने टॉमी की वजह से नहीं लिया। बेचारा अकेला ही रह जाता"–सीमा बोली।

"हाँ, फिर तो तुम्हें भी वहीं शिफ्ट होना पड़ता–टॉमी को कम्पनी देने के लिए।" मिसेज़ धरम ने हँसते हुए कहा।

बाक़ी सब चुप थे। हैरान थे सीमा की गुस्ताख़ी से। शायद कुछ ज़्यादा ही शह दे दी है मिसेज़ रंगनाथन ने इसे। नहीं तो मजाल है कोई मिसेज़ धरम से ज़ुबान चलाये। वे तो समय आने पर मैडम को भी नहीं छोड़ती हैं।

सीमा कुछ कहने ही जा रही थी कि मिसेज़ बाच्छानी ने उसे इशारा किया। घड़ी में ठीक बारह बजे और मिसेज़ रंगनाथन सीढ़ी से नीचे उतर रही थीं। लाल रंग की सिल्क की ख़ूबसूरत साड़ी और लगभग मैच करती ज्वैलरी उनकी ख़ूबसूरती पर चार चाँद लगा रही थी। उनके तैयार होने का सीधा-सादा मगर सबको रिझाने वाला तरीका मुझे बेहद लुभाता है। कितनी सुन्दर हैं मिसेज़ रंगनाथन।

"ई...ई...ई" चीखने की आवाज़ ने मेरी तन्द्रा को तोड़ा।

देखा टॉमी फुर्ती से ऊपर से उतर कर नीचे आया और मिसेज़ रावत पर चढ़ बैठा। वे होश हवास गँवा ज़ोर से चीखीं। सभी के चेहरे की हवाइयाँ उड़ रही थीं। लम्बा-चौड़ा जर्मन शेफर्ड कुत्ता राजा की तरह पूँछ उठाकर मिसेज़ रावत को सूँघ रहा था और मिसेज़ रावत ज़मीन पर बिछी पड़ी थीं।

अरे टॉमी–"What is this poor baby. come back my boy." मिसेज़ रंगनाथन ने टॉमी को मीठी आवाज़ में मीठी सी झिड़की दी और फिर मिसेज़ रावत की ओर मुड़कर सख़्त स्वर में बोलीं–"इतनी ज़ोर से चिल्लाकर तुमने तो बेचारे का हार्ट अटैक ही कर दिया था। O poor baby. Sit down."

"I am sorry madam" मिसेज़ रावत अब तक कुछ सँभल चुकी थीं। "So how are you all" मैडम ने कहा।

"हम तो ठीक हैं मैडम शायद मिसेज़ रावत...सीमा ने मुस्कुराकर टॉमी को सहलाते हुए कहा। सीमा की भोली-भाली, ख़ूबसूरत आँखें देखकर

कोई नहीं कह सकता कि इसमें इतनी धूर्तता भरी है। कोई मौक़ा नहीं चूकती है ये लड़की किसी को भी नीचे गिराने का।

"क्या तुम सभी टॉमी से डर गये? मुझे पता होता तो इसे टैरेस में भेज देती।" वे बोलीं।

"नहीं, नहीं मैडम वहाँ तो बेहद ठण्ड है"—सीमा ने चिन्ता जताई।

"नहीं, टैरेस को कवर करवा लिया है और उसमें हीटिंग सिस्टम भी रेग्युलेट कर लिया है"—मिसेज़ कपूर बोलीं। उनके पति व्यवस्था देखते थे। इसीलिए घर के हर अपडेट उनके पास होते, सीमा हर दिन तीन बार मिसेज़ कपूर के घर फ़ोन करके पूछती कि आज क्या नया हुआ? और फिर अपने पति को फ़ोन कर अपडेट करती। आख़िर पी.ए. की बीवी है। उसे तो सब पता रहना चाहिए।

सीमा को ये बात पता नहीं थी। मिसेज़ कपूर ने शायद ये उसे नहीं बताया था या बताना भूल गयी थीं।

सीमा ने गुस्से से मिसेज़ कपूर को देखा। मिसेज़ धरम बोल पड़ीं—"हाँ टैरेस अच्छी जगह है कुत्ते के लिए। बाहर भी दिखता है और गरम भी रहता है।"

"कुत्ता, बाप रे, ये मिसेज़ धरम भी। टॉमी को कुत्ता!"

मिसेज़ रंगनाथन के माथे पर सलवटें पड़ गयीं पर बात बदलकर बोलीं—"मीनल तुम्हें आने में परेशानी तो नहीं हुई।"

"नहीं मैडम, थैंक्यू! ड्राइवर एक दो बार पहले भी वहाँ आ चुका था। शायद इसीलिए।"

"हाँ पहले हमें घर वहीं अलॉट हुआ था।" उन्होंने कहा।

"बहुत बड़ा घर था। लेकिन घर मेरे क्लब से और इनके ऑफ़िस से दूर हो जाता इसलिए मैंने रिक्की (मिस्टर रंगनाथन) से बोलकर ये घर ले लिया। हमसे पहले इसमें अमेरिकन ऑफ़िसर रहते थे। थोड़ा पुराना है।"

"लेकिन ये घर भी ख़ूबसूरत है और आपने तो इसको इतना सुन्दर सजा दिया है कि इसका पुरानापन भी जाता रहा।" मिसेज़ रावत ने अब जाकर मुँह खोला।

"हूँ, क्या लेंगे आप लोग"—मरियम अब तक साइड टेबल लगा चुकी थी। हम चाय बोलें या कॉफ़ी कोई फ़र्क़ नहीं पड़ता।

सब चुप थे। अचानक मिसेज़ धरम बोल पड़ीं—"हम तो जूस लेंगे, वो भी मिक्स्ड"

"इन्हें दौरे पड़ते हैं क्या?" मैंने मन ही मन सोचा। "पता नहीं कब आयेंगे इनमें मैनर्स। वे बार-बार यह जताना चाहती हैं कि वे मैडम से नहीं डरतीं या वे भी किसी से कम नहीं हैं या कुछ भी।" ये दूसरी बार इनसल्ट थी। मैडम के माथे पर ज़ोरदार सलवटें पड़ीं। उन्होंने मरियम से कहा—"जाकर देखो, ऊपर कहीं मिक्स्ड जूस रखा होगा। नहीं हो तो सभी जूस मिक्स कर इन्हें दे दो।" सब हँसने लगे।

मुझे बुरा लग रहा था। मैंने कॉफ़ी बनायी और मिसेज़ धरम को पकड़ाते हुए कहा—"आज काफ़ी ठण्ड है, आप कॉफ़ी पी लीजिए। अच्छा रहेगा।"

"थैंक्यू" मिसेज़ धरम ने कॉफ़ी ले ली। सभी उपमा खा रहे थे और प्रशंसा पर प्रशंसा कर रहे थे। मैंने चाय ली थी, नमक मिली चाय। ऐसा नहीं कि मुझे वह पसन्द है, बल्कि जायका बदलने के लिए मैं हमेशा यही पीती थी।

माहौल हल्का करने के लिए मैंने मैडम से पूछा—"मैडम आज की मीटिंग का कोई ख़ास कारण?"

"हाँ, हाँ अभी डिस्कस करती हूँ।" उन्होंने अपनी काली कॉफ़ी का बड़ा सा पारदर्शी कप इटालियन साइड टेबल पर रखा। उनका तो हर अन्दाज़ ही निराला होता है। कभी-कभी मैं सोचती हूँ कि काश मैं भी ऐसी ही होती। अमित कहता है—"माँ तुम वैसी ही हो, बस अपने को अंडर एस्टिमेट मत किया करो।"

"मीनल तुम कहीं खो जाती हो बीच-बीच में" मैडम ने टोका।

"ज़्यादा किताबें पढ़ती हैं न, इसीलिए थोड़ा ऐसी हो गयी हैं।" मिसेज़ धरम का ऐसी से मतलब पागल ही रहा होगा। पता नहीं किस संकोच से नहीं बोल पायी।

"चलिए किताबें पढ़कर ऐसी हैं, बिना किताबें पढ़े वैसी तो नहीं"—मैडम ने मिसेज़ धरम की तरफ़ इशारा करते हुए व्यंग्य किया।

मिसेज़ धरम को कुछ सूझा नहीं क्या बोलें, तो उन्होंने कॉफ़ी का प्याला नीचे रख दिया और खड़ी हो गयीं—"मुझे थोड़ी घुटन हो रही है, शायद हीटिंग ज़्यादा है, मैं खिड़की खोल दूँ।" और उन्होंने धड़ाक से सामने की खिड़की खोल दी। हम सब सिहर गये। हे भगवान! इनके पागल होने में मुझे कोई शक नहीं रहा। बाहर माइनस 05 डिग्री तापमान अन्दर हद से हद 18, ये क्यों कुछ न कुछ नया करने की सोचती हैं

जिसका खमियाज़ा मिस्टर धरम को भुगतना पड़ता है, मिस्टर रंगनाथन की डाँट खाते हुए और लेट नाइट काम कर कर के।

"आप इधर नहीं उस छोटे रूम की खिड़की खोल लीजिए पूरी की पूरी और जब तक मर्ज़ी बैठिए।" मैडम खिसिया उठीं। उन्हीं के घर में उन्हीं का असम्मान। तभी मरियम एक ट्रे में जूस ले आयी, मिक्स्ड और एकदम ठण्डा। गिलास की तली में बर्फ़ के टुकड़े दिख रहे थे। "लीजिए, मिसेज़ धरम आपका जूस।"

"धन्यवाद," मिसेज़ धरम बोलीं, "अब आयेगी तरावट।" उन्होंने गिलास उठाया और छोटे कमरे की तरफ़ बढ़ गयीं। मैडम व्यंग्य से मिसेज़ धरम को सुनाते हुए मरियम से बोलीं—"देखना मिसेज़ धरम को और भी बर्फ़ चाहिए क्या जूस में?"

"हाँ, ज़रूरत होगी तो निस्संकोच माँग लूँगी।"

"हाँ, संकोच की अपेक्षा कम से कम आप से तो कतई नहीं मिसेज़ धरम"—मैडम ने कहा। शायद मिसेज़ धरम ने ये नहीं सुना।

"इस बार का चैरिटी फेयर कैंपेंस के होटल में होने वाला है। आप सभी को पता है न कि इस फेयर में क्या होता है? मीनल तुम नयी हो इसलिए तुम पूरी तरह से मेरे साथ रहना। मिसेज़ बाच्छानी, आपने रंगोली बहुत अच्छी डाली थी उस बार। इस बार भी आप रंगोली डालिएगा और सिखाने के कितने यूरो लेंगी यह आप ख़ुद ही डिसाइड कर लीजिए।"

"दो यूरो ठीक रहेंगे मैडम?" मिसेज़ बाच्छानी बोलीं।

"जैसा तुम्हें ठीक लगे। इसमें मेहनत काफ़ी लगती है।"

"तो फिर पाँच यूरो"—सीमा ने कहा।

"ठीक है।"

"सीमा तुम?"

"मेरा तो डिसाइडेड है मैडम, मैं तो मेहँदी लगाऊँगी—दो दो यूरो में।"

"इण्टेलिजेंट गर्ल" मैडम ने प्रशंसा के भाव से देखा। सीमा इतरा दी।

"मिसेज़ कपूर और मिसेज़ रावत पिछले साल की तरह ही समोसे बनायेंगी, चाहे तो मिसेज़ धरम से भी पूछ लें।"

"जी समोसे तो मैं भी बना लेती हूँ"—मैंने कहा। "नहीं-नहीं तुम्हारे लिए मैंने काम सोचा है, मैं बताऊँगी तुम्हें।"

सबके सब हैरान परेशान। आख़िर मिसेज़ कौशल को क्या महत्त्वपूर्ण काम मिलने वाला है जिसे डिसक्लोज़ नहीं किया जा रहा है। तभी मिसेज़

धरम हाथ में जूस का खाली गिलास पकड़े आ पहुँची। उसमें पड़ी बर्फ़ साफ़ दिख रही थी। उन्होंने गिलास को ज़ोर से टेबल पर रखा मानो ललकार रही हों कि इस कड़कती सर्दी में है मेरे अलावा कोई माई का लाल जो बर्फ़ डाल कर जूस पिये।

"मज़ा आ गया।" उन्होंने ज़ोर से घोषणा-सी करते हुए कहा और धप्प से अपनी सीट पर बैठ गयीं—"तो क्या-क्या डिसाइड हुआ?"

"आप इन लोगों से पूछ लीजिएगा मिसेज़ धरम"—मैडम थोड़ा सख्त हो गयीं और मिसेज़ धरम का लाया हुआ फूलों का गुलदस्ता मरियम को देते हुए बोलीं—"ये आपके लिए मरियम, आप शाम को सात बजे आइए।"

वे खड़ी हो गयीं। हम सब भी खड़े हो गये। "इण्डियन शॉल और स्टोल्स, कुछ बनारसी दुपट्टे और चिकन के कुर्ते आ गये हैं। उनमें प्राइस टैग लगवा रही हूँ। पिछली बार काफ़ी बिके थे। इसलिए प्राइस थोड़ा बढ़ा लिए हैं। इण्डियन सेल से चैरिटी के लिए चौथे, पाँचवें नम्बर पर पैसा जाता है। इस बार कोशिश करेंगे कि दूसरे-तीसरे नम्बर पर हम रहें। आल द बेस्ट..." कहकर वे तेज़ी से सीढ़ी चढ़ गयीं। टॉमी भी उतनी तेज़ी से छलाँग मारकर ऊपर चढ़ा।

आख़िरी सीढ़ी से पीछे मुड़कर देखते हुए उन्होंने कहा "मीनल ड्राइवर बाहर खड़ा है बाय बाय!"

सबके हाथ हवा में हिल रहे थे।

"चलो भाई काम पर लगें सब, मिसेज़ कपूर कितने समोसे बनाने हैं।" ये मिसेज़ धरम थीं।

"जी मैडम—सौ से सवा सौ तक।"

"तो पचास तुम और पचास मिसेज़ बाच्छानी तुम बना देना—समझीं न।"

"जी मैडम।"

"लेकिन..." सीमा ने प्रतिवाद किया।

"तुम चुप रहो, सीमा, नहीं तो पचास तुमसे भी...।"

"मैं?" सीमा अवाक् थी। मिसेज़ धरम के जलवे तो देख ही रही थी।

घर पहुँचकर मैं बेसब्री से आनन्द और अमित का इन्तज़ार कर रही थी मीटिंग के मिनिट्स सुनाने के लिए। आनन्द आये, अमित को स्पोर्ट्स क्लब से लेते हुए। बाप-बेटा दोनों हँस रहे थे।

मैं कुछ बोलती इससे पहले ही आनन्द बोल उठे—"मिस्टर बाच्छानी स्टोर कीपिंग करेंगे, मिस्टर कपूर और मिस्टर रावत की ड्यूटी बदलकर मिस्टर धरम के साथ लगा दी है। और मिस्टर धरम ऑफ़िस के बाद टॉमी के ट्रेनर के साथ एक घण्टे रहेंगे। सीमा और उसके पति कपड़ों पर प्राप्त टैग लगवायेंगे। और मैं?"

मैं आश्चर्यचकित थी।

"तुम?"

अमित पीछे मुड़ा। उसने अपना बैग उठाकर टेबल पर रखा और बोला—"ये लो इसकी सब किताबें तुम्हारी। पढ़ो, और पढ़ो और सबको इसकी समरी सुनाओ ताकि किसी को ये पता न चले कि इण्डियन लेडीज़ लड़ती ज़्यादा हैं, पढ़ती कम।"

हा हा हा हा—दोनों हँस रहे थे।

कोकीचे

"दोबरदैन नीलू काकसी ती?" ठण्डे काले दस्तानों से ढँकी हथेलियों की गरमी को महसूसते हुए मैंने उससे हाथ मिलाया। मुस्कुराता हुआ उसका झुर्रीदार, गोरा चिट्टा, गुलाबी चेहरा पता नहीं मुझे क्यों इतना आकर्षित करता है। कुछ पल एकटक उसको देखते हुए और "दुब्रे मैर्सी" कहते हुए मैंने अपने हाथ सिकोड़ लिए। उसने उस तरफ़ ध्यान नहीं दिया बल्कि तेज़ी से किचन की ओर मुड़ गयी।

विली ऐसा कभी नहीं करती थी। वह तो सबसे पहले दरवाज़ा बन्द करती फिर मुझसे हाथ मिलाती। मैं उसे कुछ पल निहारती, तब कहीं उसका हाथ छोड़ती। झेंपते हुए वह मुस्कुराती, अपना कोट और मफलर खूँटी पर टाँगती, स्नो शूज़ उतारती, अपने बैग से हाउस स्लीपर निकालती, बाथरूम जाकर बाल सँवारती, चेहरा भिन्न-भिन्न कोणों से निहारती तब कहीं जाकर किचन में पहुँचती। लेकिन आज ऐसा क्यों नहीं हुआ यह जानने के लिए मैं भी उसके पीछे-पीछे किचन में घुस गयी।

"क्या आप चाय पियेंगी?" मैंने बिना उसकी ओर देखे पूछा।

"हाँ, हाँ, ज़रूर"—उसने प्रसन्नता से कहा। "पर शक्कर कम डालना।"

"ठीक है"—मैंने मुस्कुराते हुए हॉट प्लेट पर चाय का बर्तन चढ़ा दिया।

जैसे ही विली घर में घुसती है वैसे ही मेरा घर पता नहीं क्यों मेरा नहीं रहता। मैं अपने ही घर से इतनी अपरिचित हो उठती हूँ कि कुछ घण्टों के लिए यह भी भूल जाती हूँ कि हॉट प्लेट का कौन-सा स्विच ऑन है। वह भी विली ही दबाती है और मैं खड़ी ही रह जाती हूँ।

"चेस्तीता बाबा मार्ता" विली ने जेब से लाल सफ़ेद ऊन से बना राखीनुमा सुन्दर-सा धागा निकाल कर मेरे कॉलर में पिन से टाँक दिया।

“ये है मार्तेनित्सा जो सफ़ेद और लाल धागे से बनाया जाता है और आज के दिन उसे अपने प्रियजनों को भेंट किया जाता है” विली ने कहा।

“बहुत सुन्दर है यह, धन्यवाद” मैंने अपने कॉलर की ओर देखते हुए कहा।

“हाँ, बसन्त सबसे सुन्दर होता है और हमारे देश में आज से बसन्त की शुरुआत मानी जाती है इसलिए मैं तुम्हारे लिए खोज कर 'कोकीचे' भी लायी हूँ। सुख, समृद्धि और सौभाग्य का द्योतक यह सफ़ेद फूल।” उसने मेरे किचन के सबसे सुन्दर काँच के बर्तन में पानी भर कर उसमें कुछ कोकीचे तैरा दिये और उसे डायनिंग टेबल पर रख दिया।

“मैं आपको किन शब्दों में धन्यवाद दूँ विली” कहकर मैंने उसका हाथ थाम लिया।

विली ने मेरा माथा चूमा और दस्ताने पहने हाथों से मेरे ग़ालों को सहलाया। “तुम पिछले जन्म में मेरी बेटी थीं, क्या तुम्हें इतना भी नहीं मालूम?” यह कहकर हँसती हुई वह बाहर निकली और दरवाज़ा बन्द कर कोट और मफलर उतार कर खूँटी पर टाँग, जूते उतारने लगी।

“विली आप ड्राइंग रूम में पहुँचिए, मैं चाय लेकर वहीं आ रही हूँ।”

“ठीक है,” विली अब पूरी तरह अपने पुराने ढर्रे पर आ गयी थी।

मैं जल्दी से दो कपों में चाय डालकर और एक प्लेट में नमकीन लेकर वहाँ पहुँची। विली पर्दा सरकाकर हीटिंग में हाथ सेंक रही थी।

“ये लीजिए,” मैंने उसे एक कप पकड़ाया।

“मैं तुम्हारे देश की चाय की प्रशंसक हूँ, लेकिन तुम शैतान लड़की फिर से ये ख़राब चीज़ें लेकर आ गयीं।” विली ने नमकीन की ओर इशारा करते हुए कहा।

मैं हँस पड़ी। सचमुच मैं जानबूझकर ही नमकीन लायी थी। वैसे तो विली को नमकीन बहुत अच्छा लगता था मगर आज तक वह उसे खाना नहीं सीख पायी। जब भी खाती, नमकीन हथेलियों से सरककर ज़मीन पर गिर जाता और मैं हँस पड़ती।

“नोगो, त्रुदनो” (बेहद कठिन)। उसने शरमाते हुए कहा।

“ये देखिए, मैं कैसे खा रही हूँ, आप चम्मच से खाइये न।”

“हूँ, हे कोलो, मिरौ—दोबरदैन। चेस्तीता बाबा मार्ता”—विली ने खिड़की का शीशा पूरा खोल दिया। हड्डी तक को कँपा देने वाली ठण्डी हवा का झोंका पूरी ताकत से अन्दर घुस आया।

"विली खिड़की बन्द करो, मैं मर जाऊँगी ठण्ड से।" लगता है, विली तो आज बसन्तोत्सव मनाकर ही मानेगी, भले ही मेरी जान चली जाय।

"भारतीय चाय पियोगे?" वह बाहर खड़े दोनों बूढ़ों, कोलो और मिरौ से पूछ रही थी।

"हाँ, हाँ, क्यों नहीं?"

"ये लो," और उसने अपनी और मेरी जूठी चाय के दोनों प्याले उन्हें पकड़ा दिये और खिड़की बन्द कर दी।

"अरे विली चाय जूठी है।" ये बात उसे समझाने में मुझे पूरे बीस मिनट लगे। और ऐसे में ही मुझे इस बात की कोफ्त होती थी कि उसकी भाषा मुझे अच्छी तरह से क्यों नहीं आती।

हम ये सब बातें नहीं मानते। उसने मेरी बीस मिनट की मेहनत को लापरवाही से अपने एक वाक्य में समेट दिया। वह किचन में बर्तन धो रही थी और कुछ गुनगुना रही थी।

विली इस अपरिचित देश में मेरी पहली परिचिता है। बिना एक-दूसरे की भाषा को जाने कब वह मेरी खास हो गयी और मैं उसकी, हम दोनों ही नहीं जानते। बस का चित्र बनाकर यह बताना कि इसे 'बुस' कहते हैं और इसका टिकट किसी भी बुकस्टॉल पर मिलेगा या बस के अन्दर ही ड्राइवर से, केले और सब्ज़ी कहाँ मिलेंगे, झाड़ू से लेकर कार तक 'मेट्रो' (बहुत बड़ी दुकान) में मिलेगा, वहाँ तक ले जाना, लाना जब तक कार नहीं ख़रीदी तब तक उसकी कार में बैठकर घूमने जाना, कब विली ने यह सारी ज़िम्मेदारियाँ ले लीं, पता ही नहीं चल पाया। मेरा बेटा अनु क्या खायेगा, उसके लिए तरह-तरह की टोपियाँ और मफलर, प्रोफ़ेसर (मेरे पति को वह सदा इसी नाम से पुकारती) को टोपी पहननी चाहिए, जैसी बातों की चिन्ता करने की ज़िम्मेदारी भी उसने ले रखी थी और कब उसने अपनी हर माल 'एक लेव' की दुकान बन्द कर मेरे घर के कामों की ज़िम्मेदारी अपने हाथों में ले ली यह भी मैं न जान पायी।

विली के पास घर की एक चाबी रहती थी। मैं घर पर रहूँ, न रहूँ, सोयी रहूँ या जागी, वह आती और घर की सफाई से लेकर कपड़ों तक को अलमारी में जमा जाती। कितने ही बार जब मैं सोयी होती थी तो वह धीरे-से आती और मुझे रज़ाई ओढ़ा कर दरवाज़ा ढँक देती ताकि मेरी नींद में खलल न पड़े। वह बेहद ध्यान रखती थी मेरा। विदेश में मुझे जैसे माँ मिल गयी थी।

रेल विभाग के किसी अच्छे पद से रिटायर हो जाने के बाद इस पाँच फुट दस इंच की बेहद आकर्षक और स्मार्ट विली को घर पर बैठना पसन्द नहीं आया तो उसने एक छोटी-सी दुकान खोल ली जिसमें आम आदमी की ज़रूरतों की बेहद सस्ती हर माल 'एक लेव' में मिलने वाली वस्तुएँ थीं। पति सारा समय टी.वी. देखकर या अपनी पुरानी 'लाडा' कार के नीचे लेटकर उसे ठीक करते हुए अपना समय बिताया करता। विली जितनी व्यावहारिक और खुले स्वभाव की थी उसका पति उतना ही घरघुस था। उसका बेटा निकोलाई किसी का निजी बॉडीगार्ड था। वह कभी-कभी घर आया करता। माँ का खास दोस्त था निकोलाई। जब निकोलाई घर आता, विली काम पर नहीं आती थी। मैं समझ जाती और अपने बेटे अनु के हाथों कोई भारतीय व्यंजन खासकर पकौड़े या हलवा और चाय बनवाकर उसके घर भिजवा देती और बदले में अनु केक लेकर आता। 'निकी' के जाते ही विली सुस्त हो जाती, दो एक दिन जैसे वह होती ही नहीं थी। ख़ुशमिजाज़ विली थकी-थकी सी रहती। मैंने कितनी ही बार उससे कहा—"विली आप काम मत कीजिए, थोड़ा घूम फिर कर आइये कहीं से।"

विली उदास हँसी हँसकर कहती—"निकी जाता है तो तुम्हारे घर में मुझे ख़ुशी मिलती है, तुम्हें पता है मैं तुम्हारे पास पैसे के लिए नहीं, ख़ुशी के लिए काम करती हूँ।"

मैंने बात पलटते हुए कहा—"निकी बिल्कुल आपके जैसा दिखता है—लम्बा, गोरा और स्मार्ट।"

"अच्छा," उसकी आँखों में चमक आ गयी। "सभी यह कहते हैं। निकी तो मेरी जान है, वह चला भी जाय तो मेरी दोनों आँखें उसके आसपास ही घूमती हैं।" यह कहकर वह कहीं खो जाती।

मैंने तो सुना था कि विदेशों में माँ, पिता और बच्चे आपस में इतना जुड़ाव नहीं रखते हैं। खासकर जब वे अपने पैरों पर खड़े हो जाते हैं तब लेकिन दुनिया की हर माँ एक सी ही होती है, यह मुझे अच्छी तरह समझ में आ गया था।

तभी डोर बेल बजी। मैं सोफ़े से उठती, इससे पहले ही विली ने दरवाज़ा खोल दिया। सामने 'कोलो' दोनों कप उसे पकड़ाते हुए कुछ बोला। विली ज़ोर से हँसी—"ठीक है कल इसी समय पार्क में खड़े हो जाना, मैं खिड़की से तुम्हें दे दूँगी चाय।" उसने कोलो से कहा और

दरवाज़ा बन्द कर दिया। मेरी ओर मुड़कर वह बोली "देखो, तुम्हारी चाय तो मशहूर होती जा रही है।"

"हाँ आपने मशहूर कर दी"—मैंने हँसकर कहा।

"चलो क्यों न चाय पकौड़े की दुकान लगा लें" हम दोनों हँस पड़े। विली जूते पहन चुकी थी और हाउस स्लीपर बैग में रख रही थी।

"विली मैंने कितनी बार आपसे कहा कि आप मेरे स्लीपर पहन लीजिए, आप क्यों इतना कष्ट करती हैं रोज़।" मैं उसके रोज़ के इस झंझट को सहन नहीं कर पाती थी।

"अरे नहीं, ये मेरे स्लीपर हैं, समझी। ज़रा मुझे कोट पहना दो"—विली ने मेरी ओर अपनी पीठ कर दी।

"लीजिए"—मैंने उसे कोट पहनाते हुए मफलर भी उसके गले में डाल दिया।

"मैर्सी, अब तुम जल्दी से तैयार हो जाओ, हम बाहर चलेंगे। कोकीचे ढूँढ़ेंगे और सबको 'चेस्तीता बाबा मार्ता' कहेंगे।"

"लेकिन मैं तो..." मैं संकोच में पड़ गयी।

"मैं तो क्या? तुम और मैं बाज़ार घूमेंगे, कॉफ़ी पियेंगे, मस्ती करेंगे। आज बसन्त का पहला दिन है। रज़ाई छोड़ो, बाहर आओ। जल्दी।"

"ठीक है...मैं आती हूँ।"

हे भगवान! इस ठण्ड में कोकीचे ढूँढ़ो, विली सच में सठिया गयी है। इतना काम किया है इसने। ऐसा नहीं कि घर जाकर आराम करे। अनमने ढंग से कोट और जूते पहनकर मैं तैयार हो गयी। मैंने खिड़की से नीचे झाँका, देखा विली सजधज कर खड़ी थी। भूरे रंग का लम्बा फरवाला कोट, भूरे से ऊँचे जूते और भूरा सफ़ेद मफलर। लाल लिपस्टिक लगाये विली एकदम गुड़िया जैसी लग रही थी।

"चलो" वह चिल्लायी।

"हाँ, हाँ आती हूँ।" मैंने भी चिल्लाकर कहा जबकि मुझे पता है कि मेरी आवाज़ इन शीशों को पार कर उस तक नहीं पहुँचेगी। जाने से पहले मैंने भी लाल लिपस्टिक लगा ली। आख़िर उसकी ख़ुशी में मेरी भी तो ख़ुशी है।

ओहो। नोगो खूबवू (बहुत सुन्दर)। मैं शरमा गयी। "विली आपसे अधिक नहीं। आज तो आप बहुत ख़ुश हैं।" मैंने कहा।

उसने जेब से चाकलेट निकालकर मुझे दी। "इसे पूरा खा जाओ

अभी, आज निकी का जन्मदिन है और मेरा भी, इसलिए बसन्त मेरे लिए और भी ख़ास हो जाता है।''

''ओहो... आपको बधाई।'' मैं उसके गले से लग गयी। ''आज निकी कितने वर्ष का हो गया?''

''इकतीस।''

अच्छा, चलो उसके लिए कोकीचे ढूँढ़ें। हमने बर्फ़ के नीचे खिलने वाले इस दुर्लभ सफ़ेद फूल की खोज शुरू कर दी। यह बसन्त में खिलने वाला पहला नाजुक सा सफ़ेद फूल है जो 'बसन्त' आ गया का सन्देश देते हुए सारी प्रकृति को झकझोर देता है। लेकिन ख़ुद अल्पावधि तक ही जी पाता है।

''ये लीजिए विली, मुझे सात 'कोकीचे' मिल गये।''

''वाह!'' वह पास आयी, फूलों को जेब में डाल मेरे हाथों को अपने हाथों में लेकर गरमाने लगी।

''कितनी ठण्डी हो गयी हैं तुम्हारी उँगलियाँ, बर्फ़ खोदने की क्या ज़रूरत थी?'' उसने डाँटते हुए कहा।

''विली आपको पता है, मेरे देश में भी बर्फ़ गिरती है। मेरा बचपन पहाड़ में ही गुज़रा है। जब भी बर्फ़ गिरती, हम 'स्नोमैन' बनाते हुए घर के सारे बर्तन उसको सजाने में लगा देते। माँ कितना चिल्लाती। कभी कटोरी ग़ायब, तो कभी गिलास, चम्मच। और जब धीरे-धीरे बर्फ़ पिघलती तो किचन में बर्तन फिर सजने लगते। बर्फ़ के नीचे चम्मचों, कटोरियों और गिलासों का ख़ज़ाना मिलता।''

''शैतान लड़की''—विली जोर से हँस पड़ी।

''मेरा निकी भी 'स्नो मैन' बनाता था। अभी भी बनाता है और कहता है, ये है मेरी माँ वेलिच्का मार्तिनोवा।'' कहते-कहते वह रुआँसी हो गयी।

मैंने उसे हाथ से सहारा दिया। ''अरे आप तो भावुक हो गयीं। निकी आया नहीं अपने जन्मदिन पर।''

''हाँ, वो आयेगा शाम को चार बजे, अभी तो 12 ही बजे हैं।'' विली की आवाज़ में वैसी ही ख़ुशी फिर आ गयी। ''चलो, सामने रेस्तराँ में कॉफ़ी पियें?''

''चलिए''—हम दोनों आधी पिघली बर्फ़ पर धँसते-धँसते एक-दूसरे को सहारा देते रेस्तराँ की ओर बढ़े।

"विली अब तो बर्फ़ नहीं गिरेगी न"। मैं छह महीने से लगातार पड़ रही बर्फ़ से ऊब चुकी थी।

"नहीं अब बिल्कुल नहीं। मैंने अपनी चौंसठ साल की ज़िन्दगी में ऐसा नहीं देखा कि बाबा मार्ता के बाद बर्फ़ गिरे। तुम देखना बसन्त इतनी जल्दी आयेगा कि सुबह जब तुम अपनी खिड़की के बाहर झाँकोगी तो चारों ओर चिड़ियाँ गा रही होंगी, कबूतर नाच रहे होंगे और पेड़ों में नन्ही-नन्ही हरी पत्तियाँ झूल रही होंगी। मेरा निकी भी मेरी ज़िन्दगी में ऐसे ही आया।" वह फिर कहीं खो गयी।

"विली आप निकी को बहुत प्यार करती हैं?" मैंने बेतुका-सा प्रश्न पूछ लिया। उसने विस्मय से मुझे देखा। मैं झेंप गयी।

"सबसे ज़्यादा, अपने पति से भी ज़्यादा और अपने से भी ज़्यादा–निकी है तो मैं हूँ, नहीं तो मैं भी नहीं। निकी मेरा बेटा, उसने तो अमेरिका या दूसरे किसी भी देश जाने से मना कर दिया। तुम्हें पता है, आजकल के लड़के विदेश जाकर पैसा कमाना चाहते हैं, पर मेरा निकी सबसे अलग है। वह कभी भी हमें अकेला छोड़ कर नहीं जायेगा।" अचानक विली ने मेरा हाथ कसकर पकड़ लिया। "मैं उसके विदेश जाने की कल्पना भी नहीं कर सकती।" उसका लम्बा गोरा चेहरा गुलाबी हो गया था।

"तुम्हें एक राज़ की बात बताऊँ।"

"हूँ..." मैंने विली की ओर देखा।

"निकी मेरा अपना बेटा नहीं है। मैंने गोद लिया है उसे बाबा मार्ता वाले दिन। ...इसे कोई नहीं जानता।"

"क्या निकी भी नहीं?"...मैं विस्मित थी।

"नहीं, और भगवान का चमत्कार तो देखो उसकी सूरत भी मुझसे मिलती है। मैं इस सच को अपने से भी दूर रखती हूँ। लेकिन कुछ दिनों से न जाने क्यों मुझे कुछ खटक रहा है।"

"क्या?"

"कुछ नहीं" उसने कॉफ़ी का प्याला मेरे प्याले से टकरा दिया।

"ज़ा निकोलाई" (निकी के लिए) हम ख़ामोशी से कॉफ़ी पी रहे थे।

बाहर निकलकर देखा, धुन्ध छँट चुकी थी। हल्की-हल्की धूप बादलों के बीच से अटक-अटक कर हम पर गिर रही थी।

"विली, मैं निकोलाई के लिए कुछ ख़रीदना चाहती हूँ, तुम बताओ क्या ख़रीदूँ।"

"उसे जूतों का शौक़ है, मगर मैंने ख़रीद लिए हैं जूते, ऐसा करो कि तुम मोजे ख़रीद लो।"

"मोजे? बस..."

"तो फिर"

"क्या मैं एक स्वेटर ख़रीद लूँ?"

"हाँ ये ठीक रहेगा, उसे नीला रंग और लाल रंग पसन्द है।"

मैंने नीले रंग की स्वेटर ख़रीदी और पैक करवाकर विली को दे दी। विली बेहद ख़ुश थी। रास्ते भर उसने निकोलाई के बपचन से लेकर अब तक के न जाने कितनी ही शरारतों और मासूमियत के क़िस्से सुनाये। उसने बताया कि साल भर निकी कहीं भी रहे पर जन्मदिन मेरे साथ ही मनाता है। विली ने यह भी बताया कि आज उसने तले हुए आलू बनाये हैं, जो निकी को ख़ास तौर पर पसन्द हैं। बानित्सा और लुतेनित्सा भी बनाया है। घर भर में रंग-बिरंगे गुब्बारे लगाये हैं और पिता ने तो सुबह से ही शराब की दुकान लगा ली है घर पर।

घर के पास पहुँचकर मैंने विली से कहा "मैं चाय और पकौड़े भिजवा दूँगी चार बजे।"

"मैर्सी" विली ने हाथ हिलाया।

ढाई बज चुके थे। मैंने जल्दी-जल्दी आलू, प्याज काटे और बेसन घोला। पकौड़े बनाये, हॉट पॉट में रखे और चाय बनाने लगी।

इसी बची फ़ोन बज उठा। भारत से माँ का फ़ोन था। मैं बातों में मगन हो गयी। पहले माँ, फिर पिता, फिर भाई और भाभी और बहनें। पक्का आधा घण्टा।

"ओह, सवा चार!" मैंने झटपट चाय थर्मस में डाली और बाहर झाँका। बाहर तेज़ हवा चल रही थी और सफ़ेद बादलों से आकाश घिरा हुआ था।

"क्या मौसम है" मैंने सोचा। दो घण्टे पहले कुछ और था और अब कुछ और। मैं हॉट पॉट और थर्मस लेकर नीचे उतरी। सामने लकड़ी की बेंच पर कोई बैठा था।

"इतनी हवा आँधी में...छोड़ो मुझे क्या?" लेकिन जैसे-जैसे मैं

पास पहुँची, मेरे पैर जैसे जमने लगे। "अरे, ये तो विली है और साथ में उसका पति साशो..."

"विली?" मैंने उसके कन्धे पर हाथ रखा।

"विली, विली..."

विली की गोद में मेरा दिया पैकेट पड़ा था। नीले स्वेटर का और उसके ख़रीदे जूते का।

"विली, क्या हुआ?"

उसने खाली निगाहों से मेरी ओर देखा। मैं उसके पास बैठ गयी। उसका ठण्डा हाथ अपने हाथों में ले लिया। "विली, क्या हुआ?"

साशो ने कहा–"निकोलाई चला गया...बिना बताये...स्पेन।"

"क्या ?"

"हाँ"

हम सब चुप थे। धीरे-धीरे हवा भी शान्त हो चुकी थी। बर्फ़ अब भी गिर रही थी। चौंसठ सालों में पहली बार इस दिन बर्फ़ गिर रही थी। विली का लम्बा गोरा चेहरा सफ़ेद हो गया था।

कोकीचे विली के हाथों से नीचे गिर गये थे। लगातार पड़ रही बर्फ़ उन्हें ढँकती जा रही थी।

मन्थन

मिसेज़ रवीश ने अचानक चौंकते हुए पूछा—''बेला, तुम ही हो न?''

''हाँ, हाँ हमही हई,'' शॉल से पूरी तरह ढँके चेहरे से दो आँखें झाँक रही थीं। सुबह के हल्के धुँधलके में परछाइयाँ तो दिख रही थीं लेकिन पहचानना मुश्किल था, पर वे मिसेज़ रवीश की निगाहें थीं जो उड़ती चिड़िया की चोंच में क्या है, यह भी देख लेती थीं।

मॉर्निंग वॉक के लिए मिसेज़ रवीश अभी-अभी निकली थीं। अभी उन्हें शर्मिला को, मिसेज़ परमार को और रेणु को मिस कॉल देनी थी और तब शुरू होता असली मॉर्निंग वॉक।

''कहाँ जा रही हो सुबह-सुबह बेला'' मिसेज़ रवीश उर्फ़ नीतू उर्फ़ मिस कालोनी उर्फ़ संवाददाता उर्फ़ न जाने क्या-क्या, ने पूछा।

''आज कातिक पुनवासी हौ, हम जात हई गंगा नहाय बदे''...बेला, जो भागते-भागते थम सी गयी थी, ने कहा।

''और ये कौन है साथ में''—बेला के पीछे-पीछे था लगभग नौ-दस साल का बच्चा जिसकी आँखों में काजल की मोटी सी रेखा थी।

''हमार मँझला बेटा हौ। सरोज, आण्टी के नमस्ते करा'' उसने बच्चे से कहा। बच्चे ने बड़ी लापरवाही से उसकी ओर देखा और यन्त्रवत हाथ जोड़ दिये।

''पढ़ते हो?''

''हाँ पढ़ता हूँ। चौथी में'' बच्चे ने फिर लापरवाही से मगर पूर्ण आत्मविश्वास के साथ जवाब दिया। वह भागने की जल्दी में था, उसे माँ का इस तरह रुक जाना ज़रा भी पसन्द नहीं आ रहा था।

''ए माई चला'' उसने बेला का हाथ पकड़ कर हिलाया।

''समय पर आ जाना''—मिसेज़ रवीश ने भरसक मधुरता दिखाते हुए चिल्लाकर कहा।

"हाँ हाँ आ जाइब।"

मिसेज़ रवीश बेला को जाते देख रही थीं। बिना मेहनत किये बना उसका फिगर, उसकी फुर्ती, उसकी धार्मिकता, उसका आत्मविश्वास और सब कुछ। वे असमंजस में थीं और मन ही मन सोच रही थीं कि ऐसा तो नहीं कि बेला आज खाना बनाने आयेगी ही नहीं। यह ख़याल आते ही वे सिहर उठीं। नहीं, नहीं ऐसा नहीं हो सकता, बेला ज़रूर आयेगी, वैसे बेला नागा करती तो नहीं है। वे जल्दी-जल्दी चलते हुए मन्दिर के पास पहुँच गयीं। रेणु पहले से ही वहाँ खड़ी थी। मन्दिर के बाहर वॉकिंग शूज खोलते हुए वहीं से उसने रेणु को हाथ हिलाकर हाय किया और 'वन मिनट प्लीज़' कहते हुए मन्दिर में घुसी। हनुमान जी की विशालकाय मूर्ति के आगे नतमस्तक हो आज उसने पूरी निष्ठा के साथ एक ही वरदान माँगा कि 'हे संकटमोचन बेला ज़रूर आ जाये। नहीं तो मॉर्निंग वॉक का पूरा मज़ा किरकिरा हो जायेगा।'

अब निश्चिन्त होकर मिसेज़ रवीश बाहर आयीं। दूर से मिसेज़ परमार और शर्मिला भी आती दिख गयीं। आज शायद रेणु ने मिस काल दे दी होगी, वैसे तो ये काम उन्हीं का है, रेणु तो इतनी कंजूस है कि मिस कॉल देते समय भी ये सोचती है कि कहीं गलती से कोई उठा न ले।

"हाय" मिसेज़ रवीश और रेणु दोनों ने मुस्कुराकर एक साथ ही कहा।

"हाय, हाऊ आर यू?"

"गुड यार, आ गयी हनुमान जी को मस्का मार कर।" शर्मिला ने उसे छेड़ते हुए कहा।

"अरे मेरी श्रद्धा भक्ति को मस्का मारना मत कहा करो यार और आज तो मुझ पर मुसीबत ही आने वाली है।"

"ओफ़्फोह... भला कौन सी? कहीं मिस्टर रवीश?" रेणु ने शर्मिला को आँख मारते हुए कहा।

"नहीं यार, मेरी नौकरानी अभी गंगा नहाने जा रही थी। ऐसा न हो कि छुट्टी लेकर ही बैठ जाये।"

"तुम इन लोगों को इतना सिर पर क्यों चढ़ाती हो?" मिसेज़ परमार बोली—"भई मैं तो इन लोगों से बात ही नहीं करती। नहीं आयी तो पैसा काट लो उस दिन का। अक्ल ठिकाने आ जायेगी।"

शर्मिला ने मिसेज़ परमार की हाँ में हाँ मिलाते हुए कहा—"मैं भी

यही करती हूँ। मैं पुराने कपड़े फेंक सकती हूँ मगर इन लोगों को देना मुझे मंजूर नहीं, हमेशा की आदत हो जाती है इन लोगों की।''

''मैंने तो अपनी तीनों मेड्स को सख्त हिदायत दी है कि काम करोगी तो सिर्फ़ यहाँ, अगर कहीं और गयी तो इस घर को भूल जाना। मैं नहीं चाहती कि मेरी मेड किसी और के घर काम करे। ऑफकोर्स मुझे इसके लिए ज़्यादा पे करना पड़ता है।'' रेणु ने विजयी मुस्कान बिखेरते हुए उनकी ओर देखा।

''दैट्स गुड यार, ये ठीक है'' मिसेज़ रवीश को ये बात बिल्कुल ठीक लगी। ''आई विल डू द सेम।''

''हाँ, तुम्हें इसकी ज़रूरत है, मेरे पास तो मिस्टर परमार का ऑफ़िस स्टाफ़ रहता है। मेड तो मैंने उनकी मदद के लिए रख छोड़ी है, वैसे मुझे उनकी कोई ज़रूरत नहीं है।'' फिर मिसेज़ रवीश की ओर मुड़कर बोली, ''तुम्हें अगर ज़रूरत हो तो फ़ोन कर देना, मैं किसी को भेज दूँगी।''

''ओ थैंक्यू वेरी मच, मिसेज़ परमार, पर आइ होप कि इसकी ज़रूरत नहीं पड़ेगी''—मिसेज़ रवीश ने भी जता दिया कि वे उनके पति के ऊँचे पद को ज़्यादा तवज्जो नहीं दे रही। शायद मिसेज़ परमार इसे समझ भी गयीं।

''नहीं यार मैंने तुम्हें हेल्प करने के लिए ऑफर किया था वैसे एज यू विश।''

मिसेज़ रवीश प्रत्युत्तर में कुछ कहना ही चाहती थीं कि सामने से सोनी राय आती दिखाई दीं।

''सुबह सबेरे इतना मेकअप, उफ्फ़। देखो, दूर से ही गुलाबी गाल चमक रहे हैं, और लिपस्टिक तो देखो, माई गॉड, ड्रेसिंग सेंस तो इसका लाजवाब है।'' शालू ने सोनी को देखते ही कहा। तीनों खिलखिला दीं। सोनी काफ़ी पास आ चुकी थी—

''हाय एवरीबडी, बड़ी खिलखिला रही हैं सुबह-सुबह, क्या बात है भई।'' सोनी बोली।

''अरे हम तो खिलखिला रहे हैं पर आप तो खिल रही हैं सोनी दी।'' शर्मिला ने उसके गुलाबी गाल थपथपा दिये। ''इतना सज धज कर कहाँ जा रही हैं सुबह-सुबह।''

''मीटिंग है यार मैनेजमेंट के साथ आज तो सोचा वॉक करती ही निकल जाऊँ।'' सोनी ने अपनी हीरे जड़ी घड़ी में समय देखते हुए कहा।

मिसेज़ रवीश घड़ी देखते ही जल-भुन गयीं। दरअसल उन्हें रवीश का प्रॉमिस याद आ गया जो उन्होंने करवाचौथ के दिन किया था और वे मुहल्ले भर में यह बात फैला भी चुकी थीं। लेकिन दूसरे दिन यह घड़ी सोनी राय की कलाई में थी जिसे मुहल्ले की सभी लेडीज़ ने देखा था और मिसेज़ रवीश से पूछा था, "तुम्हारा गिफ्ट कहाँ है डियर, कहीं मिस्टर रवीश से गलती तो नहीं हो गयी।"

रवीश ने तो ऑफ़िस से ही फ़ोन करके कह दिया था "आई एम सॉरी डियर, मुझे अभी अहमदाबाद जाना है, दो-तीन दिन में वापस आ जाऊँगा। बाय, टेक केयर, खाना खा लेना ज़रूर।" मिसेज़ रवीश की आँखें भर आयीं।

काले नेट पर सिल्वर वर्क की साड़ी में सोनी का गोरा रंग और रेशमी बाल मिसेज़ रवीश के दिल में अजीब सी घृणा, दुख और ईर्ष्या पैदा कर रहे थे। सोनी को देखते ही मिसेज़ रवीश असहज हो गयीं। "न जाने किस मनहूस घड़ी में निकली थीं आज घर से।"

"चलो यार, साढ़े छह तो यहीं बज गये"—मिसेज़ रवीश काफ़ी आगे बढ़ गयी थीं। सोनी सबको बाय कहते और फ्लाइंग किस करते निकल गयी थी।

"आज काफ़ी ठण्ड हो गयी है, कल से थोड़ी देर में निकला करेंगे।" मिसेज़ रवीश नहीं चाहती थीं कि सोनी की कोई बात निकले।

"ठण्ड, अरे यार मुझे तो गरमी आ गयी सोनी को देखकर। क्या परफेक्ट लेडी है।" मिसेज़ परमार बोलीं।

"अकेले रहो तो सभी परफेक्ट हो जाते हैं, सिर्फ़ अपना ही तो ख़याल रखना है इन्हें"—शर्मिला ने थोड़ा चिढ़ कर कहा। दरअसल शर्मिला को सभी मिस परफेक्ट कहा करते थे। बस थोड़ी सी मोटाई ने उसको नम्बर दो पर ला खड़ा किया था। हालाँकि उन्होंने दुबले होने के लिए न जाने क्या-क्या कर रखा था। घर पर तो वे बस रात में ही प्रकट होती थीं। दोनों बच्चे आया के भरोसे या वीडियो गेम खेलते बड़े हो रहे थे और पति को तो इंटरनेट रूपी वरदान मिला ही था जिसमें वे सभी कुछ देखने सुनने के लिए स्वतन्त्र थे। शर्मिला को ऐतराज़ भी नहीं है। कम से कम पति नियन्त्रण में है मिस्टर रवीश की तरह...

सुन्दर तो मिसेज़ परमार भी कम नहीं हैं लेकिन वे इतनी बड़ी नारीवादी हैं कि इसका नारा लगाते-लगाते वह कब नेता हो गयीं उन्हें पता

ही नहीं लगा। मिस्टर परमार बेचारे ऑफ़िस से घर और घर से ऑफ़िस तक सिमट कर रह गये। समाज की बागडोर तो मिसेज़ परमार के हाथ में थी। सौभाग्य से या दुर्भाग्य से वे दो लड़कियों की माँ थीं, जिनकी अच्छी बुरी आदतें उनके लिए समाज में महिलाओं की सुदृढ़ होती स्थिति का संकेत थी चाहे बच्चियों का ड्रेसिंग सेंस हो या खुलकर ब्वॉय फ्रेण्ड बनाना, क्लब में डांस करना हो या देर रात घर आना। मिस्टर परमार ने आँखें मूँद ली थीं और शायद उन्होंने मान लिया था कि महिला विमर्श यही है जो उनके चारों ओर घटित हो रहा है। रही बात रेणु सहगल की तो वे तो इस सोसाइटी के लिए बनी ही नहीं थीं। बड़े व्यवसायी की नकचढ़ी बीवी, ब्रिज, टेनिस और क्लबों में ही साँस लेती काया। उसे सभी की बातों में गँवारूपन की महक आती थी। हाँ वे एक एनजीओ से भी जुड़ी थीं जो प्रकृति के संरक्षण के लिए काम करता था। आये दिन पत्रकारों और बुद्धिजीवियों का जमघट लगता था उनके विशालकाय बँगले के लॉन में। सभी के हाथों में पारदर्शी गिलास और चेहरे पर छद्म गम्भीरता। यहाँ कोई खुलकर हँसता नहीं था, चर्चाएँ होतीं और उनका विषय होता सार्त्र और सिमोन द बुवा।

सोनी राय, मिसेज़ परमार, मिसेज़ रवीश, शर्मिला उनकी नज़र में सब एक सी थीं। पति उनके साथ कन्धे से कन्धा मिलाकर जुटे रहते और उनका व्यवसाय आसमान की बुलन्दियों को छू रहा था। उनके प्रोडक्ट अख़बारों के महत्त्वपूर्ण विषय होते। रेणु का एक ही बेटा था जो कहीं विदेश में पढ़ रहा था।

मिसेज़ रवीश मध्य वर्ग में जन्मी और पढ़ी-लिखी थीं। विवाह के बाद पति रवीश ने घिसी-पिटी नौकरी छोड़ कर मल्टीनेशनल कम्पनी की ओर रुख किया। मेहनती रवीश दिन दूनी रात चौगुनी तरक़्क़ी करता रहा और पैसे के पीछे चौकड़ी भरते-भरते कब घर द्वार से दूर हो ख़ूबसूरत मिस सोनी के पल्लू से बँध गया, पता ही नहीं चला लेकिन फिर भी अपने नाम और पैसे के पीछे वह मिसेज़ नीतू रवीश का हाथ भी मानता था और गाहे ब गाहे मोटी रकम के साथ, महँगे गिफ्ट और हर साल विदेश यात्रा पर नीतू को ले जाना न भूलता।

मिसेज़ रवीश जिन्हें माँ बनने का सौभाग्य नहीं मिला अपना खाली समय पैसे उड़ाने में और कॉलोनी में घूम-घूमकर उसका प्रचार-प्रसार करने के साथ-साथ दूसरों के बारे में छोटी-सी छोटी बातें जान लेने में ही

लगाना बेहतर समझतीं। ख़बरें धीरे-धीरे ख़ुद दौड़कर नीतू के पास पहुँच जाती थीं, इसलिए वे इलाके में प्रसिद्ध भी थीं और सबकी प्रिय सहेली भी। मिसेज़ रवीश मौक़े बेमौक़े सबकी सहायता करने से भी नहीं चूकती थीं। आधी रात में कार चाहिए तो नीतू, किस ब्यूटीपार्लर में जायें, किस जिम को ज्वाइन करें, नीतू के परामर्श के बिना कुछ भी नहीं। यहाँ तक कि रेणु की पार्टियों में जहाँ मुहल्ले में किसी को आमन्त्रण नहीं होता था वहाँ का आयोजन भी नीतू पर निर्भर रहता था। हर समस्या का हल नीतू चुटकियों में निकाल लेती।

लेकिन आज मॉर्निंग वॉक से वापस आने के बाद से उन्हें हर बात पर गुस्सा आ रहा है, दो-दो गोलियाँ खाने के बाद भी सिर दर्द से फटा जा रहा है। तभी डोर बेल बजी।

"थोड़ा देरी हो गइल भाभी जी, बतावा का बनाईं"—बेला धड़धड़ाते हुए घर में घुसी। मिसेज़ रवीश चुपचाप बेला को देख रहीं थी। सीधे पल्ले की लाल साड़ी, जिसमें कहीं-कहीं सितारे टँके थे, कभी भूरा रहा होगा, ऐसा आभास देता ब्लाउज, ठण्ड में सिकुड़ते पैर, साँवली सी दुबली-पतली काया। लाल बिन्दी और गुलाबी सिन्दूर लगाये बेला का चेहरा दमक रहा था।

बिना नीतू की ओर देखे किचन में घुसते हुए वह बोली—"आजकल दिन त मुट्ठी भर के होला, गैयूया दुहावा, सानी-पानी दा, बच्चन के चाय नाश्ता देत देत ई बखत हो जाला, ऊपर से रमपतवा के माई दू बार उल्टी कर देहलस, कोई देखे बदे ना रहल एही से आदी क चाय दे के आयल हईं" फिर नीतू की ओर देखकर बोली—"तबीयत ठीक नाहीं हौ का? का भयल? सुबह सबेरे निकल जइबू ओस पानी में त बोखार त अइबे करी। कपार दबाईं?"

जिस रफ़्तार से बेला चलती है उसी रफ़्तार से बोलती भी है।

"नहीं सिर मत दबाओ, अच्छी सी दो कप चाय बनाओ, एक मेरे लिए और एक अपने लिए।"

"ठिक्कै हौ, अदरक डाली?"

"हाँ डाल दो, चीनी कम डालना।"

बेला मुड़कर मुस्कुरा दी—"हूँ।"

बेला का पति रेणु के यहाँ ड्राइवर का काम करता था लेकिन बेला को उसके पति की नौकरी रास नहीं आती थी—"नौकरिया क कौनो

टाइम नाहीं हो भाभी जी, कभी रात के अढ़ाई बजे त कभी संझा के सात बजे। इ कौन ढंग के काम हौ। ऊ त कोई कर भी लेई पर शराब पी के साहब पड़ल रहैं, कभी कार में से बाहर निकाला, कभी अन्दर डाला। न बाबा ना।''

भूखा रह जाना मंजूर था उसे पर पति किसी शराबी के यहाँ नौकरी करने जाय यह मंजूर नहीं। कहीं उसके पति गणेश को इस शराब की आदत लग गयी तो? तब भी कुछ नहीं, पर अगर उसके लड़के बिगड़ गये तो? उसने अपने पति से साफ़-साफ़ कह दिया कि उसको दूसरों के घर में काम करने जाना मंजूर है लेकिन शराबी के घर से पैसा लाना मंजूर नहीं। बेला अपने बच्चों को पढ़ा रही थी। उसका ख़याल था कि सरस्वती को पाना है तो मेहनत की कमाई से ही बच्चों की फीस भरनी चाहिए तभी उसके बच्चे सरकारी नौकरी पा सकेंगे।

''भाभी चाय ले ला'' नीतू के पसन्दीदा कप में लबालब भरी चाय लेकर बेला उसके सामने खड़ी हो गयी। सोफ़े पर अधलेटी नीतू ने ट्रे से कप उठाते हुए पूछा ''और तुम्हारी?''

''लाती हूँ''—कह कर वह दो सेकेंड में चाय का कप लेकर फिर से आ गयी।

''बैठ जाओ बेला'' नीतू उदास थी।

''का भयल भाभी, जी ठीक नाहीं लगत हो तोहार, भैया भी तो बहरै जात रहलन, कभ्भौ दू घड़ी भी नाहीं बइठलन तोहरे लग्गे। इ कौन नौकरी हौ?''

वह अपना कप टेबल पर रख नीतू के पैर अपनी गोद में रखकर ज़बरदस्ती दबाने लगी। सच पूछो तो नीतू के जीवन को आराम तो बेला से ही मिलता है। इसीलिए बेला की हर डाँट-डपट और ढिठाई वह बड़े आराम से झेल जाती है। तभी तो आये दिन उसे सुनना पड़ता है कि उसने मेड्स को सिर पर चढ़ा रखा है। उसकी सहेलियों के सामने भी बेला अपना अधिकार जमाना चूकती नहीं है।

''बेला तुम कितने बजे उठ जाती हो? इतनी सुबह गंगाजी जाकर नहा भी आयी?''

बेला हँस दी। हँसते समय बेला का कसा चेहरा और कस जाता है। अजीब सा सम्मोहन है बेला की हँसी में। ''सबेरे साढ़े तीन बजे क उठल हई भाभी जी, पर कौनो बात नाहीं हौ, ई धरम करम तो हमार

निजी काम हौ, एकरे बस्ते दूसर काम छोड़ त नाहीं सकीला, सब काम त वैसहीं चली, एही से कभी-कभी एतना जल्दी उठल कउनो बड़ी बात नाहीं हौ।"

"लेकिन तुम्हारा तो हर दूसरे चौथे दिन गंगा स्नान हो जाता है?" नीतू मुस्कुरा दी।

"हाँ वैसे ही जैसे आपकी किट्टी पालटी"—बेला भला कब चुप रहने वाली थी। नीतू को गुस्सा आने की जगह हँसी आ गयी उसके बोलने के तरीके पर।

"बेला, तुम्हें कभी नहीं लगता कि खाना बनाने, गाय दुहने, सास का पैर दबाने, गोबर पाथने के अलावा भी तुम्हारी ज़िन्दगी में कुछ होना चाहिए?" नीतू गम्भीर हो गयी।

"एकरे बाहर का हौ भाभी?" बेला असमंजस में पड़ गयी।

"अरे कभी पिक्चर देखने जाओ, होटल में खाना खाओ। गंगा में बजरे पर जाओ और क्या?" नीतू बोली।

"हमार पिक्चर तो आप ही लोगन हईं भाभी। रोज़ त वही होला ई कॉलोनी के घर घर में जो पिक्चर में होला बल्कि ओहू से ज़्यादा। हमें त कुल घर टीवी क सीरियल अउर हर औरत एक विज्ञापन लगेली। बुरा मत माना भाभी मगर ई बतावा कि आपके कभी अइसन लगल कि हम दुखी हईं या थकल हई, जबकि ई कॉलोनी में हर बंगला क औरत थकल और ऊबल हौ। सिनेमा, किट्टी पालटी और नाव क सैर के बाद भी"—बेला अपनी रौ में बोलती चली गयी।

"तो तुम्हें लगता है कि अपनी ऊब दूर करने के लिए सबको गाय भैंस पाल लेनी चाहिए ?" नीतू चिढ़ गयी थी, लेकिन मुस्कुरा कर बोली।

"नाहीं भाभी, पर कम से कम अपने पढ़ाई लिखाई क उपयोग त करें, आपन घर अउर बच्चन के त देखें। खैर छोड़ा"—नीतू के हाथ से कप लेते हुए वह बोली—"का बनाईं भाभी, बतावा।"

"कुछ नहीं बेला, आज खाने का मूड नहीं है"—नीतू अनमनी हो उठी।

"अरे आज तो कार्तिक पुनमासी हौ, आज तो चूल्हा जलबे करी।" उसने ज़बरदस्ती थोड़ी पूरियाँ और सब्ज़ी बना दी।

"भाभी, अकेले मन नाहीं लगत हौ तो कहीं घूमघाम आवा, तबीयत दुरुस्त हो जाई।" बेला झाड़ू से कालीन साफ़ कर रही थी।

"नहीं, तबीयत ठीक है। बेला तुम थकती नहीं हो क्या?"

"काहे? अबहीं त जेठ के बेटी की सादी की सालगिरह में जाये के हौ। सारा खाना बनावे क ज़िम्मेदारी हमार हौ। पच्चीस तीस लोग आवे वाला हउवन। हमरे पूरे परिवार में ओही एक लड़की हौ। कुछ देवे के न पड़े ई चक्कर में हमार देवरानी नाहीं जात रहल, पर आप जवन साड़ी हमें देहले रहलू ओही में से एक उनके दे देहली, आखीर सामाजिकता त निभावे के चाही न उन्हें।"

"तो फिर तुम क्यों देने चली उन्हें साड़ी, अरे उनकी सामाजिकता वही निभायें"—नीतू बोली।

"अइसन कहीं होला भाभी। परिवार क बात हौ। कल सब लोग लड़की के उलहना देहिहैं कि चाचा नाहीं अइलन तोहार। बिचारी के के का जवाब देई?" बेला ने कहा।

अचानक ही मिसेज़ रवीश को शर्मिला की सास याद आ गयीं। 75 साल की बीमार बुढ़िया शर्मिला और उसकी देवरानी राधिका के बीच महीनों में बँटी-बँटी, वर्ष भर बिना सूरज, चाँद, चिड़िया, पेड़ देखे मर गयी। इसका तभी पता चला जब शर्मिला ने बड़ी अदा से आँसू पोंछते हुए बताया कि अब वे मुक्त हो गयी हैं अपनी सास की सेवा से और राधिका भी यह बताने से पीछे नहीं हटी कि शर्मिला की लापरवाही ने उनकी जान ले ली। सास का ज़्यादातर सोना तो शर्मिला ने हड़प लिया क्योंकि आख़िरी के महीनों में उन्हें रखने की बारी शर्मिला की थी। यहाँ तक कि आज उन्होंने जो साकलनुमा चेन पहनी है, वह सास के गले में थी, जब वे राधिका के घर से यहाँ शिफ्ट हुई थीं। यह बात उन्होंने वहाँ मौजूद सभी को कोहनी मारते-मारते फुसफुसाकर बता ही दी थी। शर्मिला ने अपने दोनों बच्चों को स्कूल के टूर पर भेज दिया था क्योंकि यह दृश्य देखकर बच्चे डर सकते थे। उनके इस निर्णय में न केवल उनके पति की सहमति थी बल्कि उनके सभी रिश्तेदार, सम्बन्धी, पड़ोसी और यहाँ तक कि मिसेज़ रवीश भी दाद दे रही थीं।

'सब कुछ तीन दिनों में ही ख़त्म हो जाना चाहिए' शर्मिला के पति प्रवेश ने ऐलान कर दिया था। राधिका ख़ुश थी कि चलो ज़्यादा दिन की छुट्टी नहीं लेनी पड़ेगी। इस हफ्ते के बाद उसे बच्चों को हॉस्टल से लेकर गोवा जाना था न्यू ईयर मनाने। किसी ने जाते-जाते व्यंग्य किया था कि यार शर्मिला के यहाँ तो पार्टियाँ भी हफ्ते-हफ्ते चलती हैं।

"तुम क्या दोगी?"

"हम? आप जवन गिलास क सैट अउर साड़ी हमें दीवाली पर देहले रहलू, ओही दे देब।"

"पर वह सब तो तुम्हारे लिए था।"

"हाँ हमें पता है भाभी जी, लेकिन परिवार में ई सब चलला, थोड़ा हम त्याग करी, थोड़ा दूसरे, तभी तो परिवार चली। स्वार्थी बनकर नाहीं।" बेला दीवार से टिककर खड़ी हो गयी।

"ये वही लड़की है न जिसके पति को तुमने डाँटा था," नीतू हँसकर बोली।

"हाँ आपके याद हौ भाभी?"

"हाँ भई, तुम्हारी बात याद है" नीतू को याद आया कि शादी के बाद ये लड़की मायके आयी थी तो इसके पति और ननद ने और दहेज की माँग करते हुए लड़की को ले जाने से मना किया था। बेला रुष्ट हो गयी और डपटकर बोली थी, "ज़्यादा बोला मत—हम तोहार पैर पुजले हई मगर पीठ पूजत भी देर नाहीं लगी। पुलिस, थाना सब जानीला हम। हमरे लड़की के हाथ लगाकर देखे कोई।" वो दिन था और आज का दिन लड़के वालों ने चूँ नहीं किया।

नीतू ने विषय बदल दिया—"सास कैसी हैं तुम्हारी अब।"

"ठीकै हईं भाभी, जवन गोड़ टूटल रहल, अब पिरात नाहीं हौ, रोज़ मालिश करके, प्याज, चूना, हल्दी का सेक लगाइला दूनो टाइम। अब धीरे-धीरे चलने लगी हैं, अपने काम ख़ुद कर लेती हैं।"

"चलो तुम्हारा कुछ काम तो हल्का हुआ नहीं तो तुम्हें ही नहलाना, धुलाना पड़ता था उन्हें।"

"हाँ, वो तो है लेकिन मेरे दोनों बड़े बेटों ने मेरा बहुत सहयोग किया, इस चक्कर में बड़े वाले की तीन-तीन कोचिंग छूट गयीं लेकिन उसके सर ने उसको अलग से सब कुछ पढ़ा दिया। आज उसका बैंक का रिजल्ट आने वाला है।"

बेला ने उसकी तरफ़ देखकर पूरे इत्मीनान से बताया कि इस बार उसका सेलेक्शन पक्का है। उसने रात-रात भर जागकर तैयारी की है और बेला ने भी विंध्यवासिनी देवी के मन्दिर में मनौती रखी है।

"तुम्हारे बेटे की नौकरी लग जायेगी तब तुम काम करना छोड़ दोगी," नीतू को मन ही मन बुरा लग रहा था।

“नाहीं, काम काहे छोड़ब। इसी काम के बदौलत ही तो हमें पता चला कि दुनिया वैसी नहीं है जैसी हम सोचते हैं। हमें लगता था कि हमारे बच्चे कुछ नहीं कर सकते, सब कुछ बँगले वाले ही कर सकते हैं, लेकिन बँगलों में काम करके हमें समझ में आया कि नहीं, यहाँ सिर्फ़ पैसा है, मेहनत नहीं। किसी को किसी की चिन्ता नहीं है, किसी से लगाव नहीं है, सिर्फ़ दिखावा है। हमने यहीं जाना कि प्रेम और विश्वास की कमी कितनी घातक है। परिवार कितना ज़रूरी है, बच्चों के लिए। माँ-बाप का सिर पर हाथ फेरना बच्चे के लिए क्या होता है। इतना भरा पूरा परिवार मेरे आगे पीछे घूमता है तो हमें कितनी शक्ति मिलती है। हम ख़ुश हैं भाभी, बेहद ख़ुश—सब कुछ आप लोगों की वजह से।”

बेला पूरी ताकत से फुटमैट झाड़ रही थी। मिसेज़ रवीश सजे-सजाये ड्राइंग रूम में बैठी अपने आप को इतना खोखला और खाली क्यों महसूस कर रही थीं, उन्हें पता नहीं। पर वे इसे समझना चाहती थीं, बेतरह।

निर्णय

"शिखा तुम्हें सर बुला रहे हैं।" नमिता ने कहा और तेज़ क़दमों से चली गयी।

उसके उठते-गिरते क़दमों को शिखा देखती रही, तब तक, जब तक वे ओझल न हो गये।

"मे आई कम इन सर"—शिखा ने हल्के से दरवाज़ा खोला।

'यस' उसकी तरफ़ देखा तक नहीं मिस्टर कपूर ने। फ़ाइल पर झुके-झुके ही बोले—"शिखा, देर से आने के लिए मैं पर्सनली तुम्हें दो बार टोक चुका हूँ। नाऊ इट्स टू मच। तुम्हारे पारिवारिक तनाव हैं तो ऑफ़िस के लिए भी तुम्हारी कुछ ज़िम्मेदारियाँ हैं। तुम्हें घर या ऑफ़िस किसी एक को ईमानदारी के साथ चुनना होगा।"

मोटे चश्मे के फ्रेम को थोड़ा ऊपर सरका कर शिखा को गहरी नज़रों से देखा मिस्टर कपूर ने। फिर शान्त स्वर में बोले—"तुम समझदार हो शिखा। चार-साल से हमारी कम्पनी में काम कर रही हो, लेकिन लगभग छह महीनों से तुम कभी समय पर नहीं आयी और न ही काम सन्तोषजनक रहा।"

शिखा ने भरसक अपने आँसुओं को रोका और काँपती आवाज़ में बोली—"सर, आप मुझे दस दिन की लीव दे दीजिए।"

"क्या?"—मिस्टर कपूर को मानो झटका लगा और वे खड़े हो गये। शिखा की तो साँस ही अटक गयी थी। "हे भगवान कहाँ-कहाँ रक्षा करोगे मेरी।"

फिर बोले—"ठीक है, लेकिन इन दस दिनों में तुम्हें किसी निर्णय पर पहुँचना होगा।"

"थैंक्यू सर"—जैसे-तैसे थूक गटककर बोली शिखा। तेज़ी से बाहर निकलकर चैन की साँस ली उसने। जैसे ही वह अपनी जगह बैठी कि

ठीक उसी समय नेहा आ गयी—"क्या डिसीज़न लिया तूने शिखा?"

"अभी डिसीज़न नहीं नेहा, छुट्टी ली है मैंने दस दिन की"—शिखा बोली।

"ठीक है पाँच बजे मिलते हैं।" सामने से आते संजय को देखकर वह चली गयी।

"हैलो शिखा कैसी हो?" संजय उसके पास आ गया।

"ठीक ही हूँ।" शिखा ने उदासीनता से कहा।

संजय आगे निकल गया। शिखा उसे जाते देखती रही।

उस दिन भी शिखा संजय को जाते देखती रही थी। काश, उसने संजय को ऐसे न जाने दिया होता—आज उसका जीवन इस भटकाव में तो न पहुँचा होता। उसके जीवन की एक निश्चित दिशा होती। परिवार, शादी का कोई मतलब होता शायद। उसकी एक छोटी-सी 'ना' उसके जीवन को इस क़दर बदल देगी, उसने कल्पना भी नहीं की थी।

कल्पना करती भी तो कैसे? शुरू से मध्यमवर्गीय संकीर्ण वातावरण में पली। दो बहनें, तीन भाई। माता-पिता के साथ-साथ तीनों बड़े और छोटे भाइयों का भी कठोर बन्धन।

"माँ, आज दीदी बीच सड़क पर अपनी दोस्तों से हँस-हँस कर बातें कर रही थी"—छोटे भाइयों की इन बातों से उसका ख़ून खौल जाता था। लेकिन धीरे-धीरे माँ की बताई बातें उसके मन में घर कर गयीं। "बेटा, हम पैसे वाले तो हैं नहीं कि भारी दान-दहेज देकर हाथ पीले कर दें। सब को देखकर चलना है। कहीं कुछ ऊँच-नीच हो जाये तो हम कहीं के भी नहीं रहेंगे। ग़रीबों की इज़्ज़त ही सब कुछ होती है। अपने को ऐसा बनाओ कि कोई तुम्हारे चरित्र को लांछन न लगाये।"

इसी चरित्र की रक्षा की है उसने अट्ठाईस वर्षों तक, जिसको एक झटके में रमेश ने बेइज़्ज़त कर दिया कोर्ट के सामने। मैं इसके साथ नहीं रहना चाहता। ये चरित्रहीन है और इसके अनेक उदाहरण दे डाले उसने।

"हे भगवान! मैं क्या करूँ?" दोनों हाथों से मुँह ढाँप कर बुरी तरह रो दी थी वह। उसे अपने कानों पर विश्वास नहीं हुआ कि कोई उसके बारे में ये सारी बातें बोल सकता है और वह भी उसका अपना पति। उसका जी चाहा दौड़कर अपनी माँ से पूछे—"माँ सच्चरित्र की परिभाषा क्या होगी अब।"

उसे याद आया। एक बार बड़े भाई ने कितनी सख़्ती से एक वाक्य

में कहा था, ''यदि पिकनिक पर जाना है, तो इस घर में तुम्हारे लिए कोई जगह नहीं।''

''लेकिन भैया, मैं अकेली नहीं जा रही हूँ पच्चीस लड़कियाँ हैं। पाँच मैडम भी जा रही हैं कॉलेज की तरफ़ से''—उसने दबे स्वर में विरोध किया था।

''हम तुमसे बड़े हैं। क्या अच्छा है क्या बुरा, हमें पता है। क्यों माँ?''

माँ भला बेटे की बात का विरोध कैसे करती। उनके लिए तो लड़की का घर से बाहर निकलने का अर्थ ही अनर्थ है। वह तो नये फैशन के चलते लड़कियों को स्कूल, कॉलेज भेजना पड़ रहा है कि लड़के भी पढ़ी-लिखी लड़की से शादी करना चाहते हैं। नहीं तो उनके ज़माने में मजाल है कि 'आँगन' में परिन्दा भी पर मारे। घूँघट के पीछे बहुएँ सास बन जाती थीं और परलोक सिधार जाती थीं। मजाल है जो किसी ने उनका खुला मुँह देखा हो। बुरा ज़माना आ गया, लड़कियाँ कॉलेज जाने लगीं तो उन्हें भी भेजना पड़ा।

जिस दिन उसे इस ऑफ़िस में नौकरी मिली थी, घर में जैसे मातम छा गया था। बड़ा परिवार, पिता की नौकरी को कुल दो-तीन साल ही बचे थे। भाइयों का समय बहनों की चौकीदारी में बीता जा रहा था। उनके पास पढ़ने का समय नहीं था तो नौकरी भी कोसों दूर थी। वह सब समझ रही थी इसलिए अपनी सहपाठी नेहा के ज़ोर देने पर नौकरी के लिए चुपचाप आवेदन कर दिया था उसने।

जिस दिन पहली बार ऑफ़िस गयी थी, बड़े भाई छोड़ने गये और पिता लेने। ''कहीं कोई ऊँच-नीच नहीं होनी चाहिए'' माँ ने उसे यह बात घुट्टी की तरह पिला दी थी।

हर किसी से डरना उसका स्वभाव बन चुका था। सहमी-सहमी वह दफ़्तर जाती। लंच टाइम में जब सब कैण्टीन में होते तो वह चुपचाप अपना टिफिन निकालकर वहीं खा लेती। यदि पानी पीने भी कैण्टीन जाती तो उसे लगता कि उसका भाई या उसके भाई के दोस्त देख रहे हैं उसे या कहीं कुछ गलत तो नहीं हो रहा है।

ऐसे ही एक दिन अचानक संजय आया—''हैलो, मैं संजय हूँ।''

''हैलो!'' शिखा ने सकुचाते हुए कहा।

''चलो, एक कप कॉफ़ी पी लें कैण्टीन में।''

''जी मैंने खाना खा लिया।''

"अरे संजय, इस बेचारी से कुछ मत कहो। कहीं कुछ ऊँच-नीच हो जाये तो," नेहा के साथ पूरा ऑफ़िस हँस पड़ा। गम्भीर था तो सिर्फ़ संजय।

किसी कारण उस दिन पिता लेने नहीं आये तो वह बस का इन्तज़ार करने लगी।

"तुम मेरी स्कूटर पर बैठ जाओ, मैं तुम्हें घर छोड़ देता हूँ," संजय कब उसके पास खड़ा हो गया था उसे पता ही नहीं चला।

"नहीं"—शिखा रुआँसी हो गयी।

"खा नहीं जाऊँगा तुम्हें मैं। एक ही ऑफ़िस में काम करते हैं हम। एक-दूसरे का सहयोग तो करना ही चाहिए। बस काफ़ी देर बाद आयेगी।" और संजय ने जबरदस्ती उसे स्कूटर पर बिठा लिया।

"ये लच्छन ठीक नहीं हैं। पराये मर्दों की स्कूटर पर बैठकर घर आओ। हँसी ठीठी खानदान में किसी ने नहीं की।" पिता गुस्से में भन्नाये आँगन में टहल रहे थे।

"हे प्रभु! पड़ोसियों को क्या मुँह दिखाऊँगी।" माँ माथा पीट रही थी।

"नौकरी करते दो दिन नहीं हुए कि पंख निकल आये। मैं सब समझता हूँ।" बड़े भैया ने बैठे-बैठे जता दिया कि उसके इस कृत्य के लिए उसे क्षमा नहीं किया जायेगा।

"काश! धरती फट जाये और वह..." उसे अपने आप पर बेहद क्रोध आया। क्यों बैठी स्कूटर पर वह। दूसरे दिन अपराध बोध से दबी वह ऑफ़िस पहुँची। संजय को देखते ही उसने आँखें फेर लीं।

"शिखा, मुझे तुमसे कुछ कहना है।" लंच टाइम में संजय उससे बोला।

"क्या?" उसका गला एकदम सूख गया।

"मैं तुम्हें पसन्द करता हूँ..." और पता नहीं क्या-क्या कहा संजय ने। और उसने पता नहीं क्या-क्या कड़वी बातें कहीं कि सिर्फ़ सिर झुकाये लौटता हुआ संजय याद है उसे।

"रमेश उसके बगल के ही ऑफ़िस में अकाउंटेण्ट है।" माँ ने बताया। "सुन्दर, सुशील लड़का है। घर में थोड़ी परेशानी है इसलिए नौकरी वाली लड़की चाहिए। आख़िर चार-चार बहनों वाले घर में परेशानी तो होगी ही थोड़ी बहुत। सजातीय है। लड़का तो हीरा है, जल्दी शादी करना चाहते हैं। दान-दहेज नहीं चाहते। लेकिन हम तो देंगे ही। कहता

है कर्ज़ की तरह लेगा। जल्दी ही सब वापस कर देगा। हूँ, ऐसा भी होता है कहीं?" माँ गद्गद थीं।

रमेश से उसकी शादी हो गयी। स्कूटर, फ्रिज, रंगीन टी.वी. के साथ इक्यावन हज़ार का टीका शीघ्र वापस करने की शर्त के साथ। और शिखा विदा हो गयी।

बनारसी साड़ी में लिपटी जब वह ऑफ़िस पहुँची तो सबने उसे बधाइयाँ दीं और साथ ही पार्टी की पेशकश भी।

"आज लंच टाइम में गरम समोसों के साथ चाय शिखा जी के नाम"—पंकज ने ऑफ़िस में घोषणा कर दी थी। वह आज पहली बार कैण्टीन में बैठी। सब उसे घेर कर बैठे थे। अचानक उसने सिर उठा कर देखा तो कैण्टीन के सामने ही बाहर रमेश टहल रहा था। वह उठी, रमेश को बुलाकर ले आयी। थोड़ी-सी न-नुकुर के बाद वह आ गया।

"ये रमेश हैं, मेरे पति।" शिखा बोली।

"हैलो"—पूरे स्टाफ़ ने उसे घेर लिया।

"क्यों, जीजाजी, यहाँ भी चक्कर लगा रहे हैं।" नेहा ने ठिठोली की।

"ऐसे ही मज़े होते रहे होंगे शादी के पहले भी, क्यों?" बेहद रूखे स्वर में रमेश शिखा की ओर देखकर बोला।

सब अवाक् थे।

"नहीं, आज तो बड़ी मुश्किल से शिखा पहली बार कैण्टीन में आयी है।" पंकज ने कहा।

"हाँ, हाँ क्यों नहीं।" रमेश व्यंग्य से बोला, "सॉरी, मैंने आप लोगों को फालतू में डिस्टर्ब किया।" कहकर वह उठ गया।

शिखा को काटो तो ख़ून नहीं। शर्म के मारे उसका सिर झुका जा रहा था। ये क्या हो गया रमेश को। क्या यह ऐसा ही है?

सब के सब बड़ी उलझन में थे। संजय ने माहौल को हल्का बनाने के लिए चाय का ऑर्डर दिया। शिखा चाय न पी सकी।

शाम को घर पहुँचकर शिखा रमेश से बोली, "रमेश, तुम्हें क्या हो गया? तुम चले क्यों आये वहाँ से?"

"तुम्हें पता नहीं, क्यों?"

"नहीं..." सचमुच शिखा समझ नहीं पायी।

"कैण्टीन में किन अनजान मर्दों से तुम घिरी बैठी थीं? किसके पति को पसन्द आयेगा। बताओ?"

"वे अनजान मर्द नहीं हैं, मेरे ऑफ़िस में मेरे साथ काम करते हैं, और फिर तुम्हारी नज़र मर्दों पर ही क्यों पड़ी, स्त्रियों पर क्यों नहीं"—शिखा ने धीरे-से प्रतिवाद किया।

"मेरे मुँह लगोगी" रमेश चीखा। "इसलिए मैं तुम्हें देखने आया था वहाँ। रंगे हाथ पकड़ी गयीं तुम, तो सफाई क्यों दे रही हो?" शिखा का मुँह खुला का खुला रह गया। रातभर रोती रही थी वह।

"देखो, तुम्हें यदि ज़रा-सा भी शक है तो मैं नौकरी छोड़ दूँगी, मगर मैं अपनी गृहस्थी को ऐसे बर्बाद नहीं होने दूँगी।" शिखा ने सुबह नाश्ते के समय प्यार से रमेश से कहा।

"नौकरी वाली लड़की मेरी पहली शर्त थी। इसीलिए तुमसे शादी की। मगर नौकरी वाली ऐसे रंग दिखायेगी, पता नहीं था।" रमेश ने कहा।

"कल की बात से अभी तक नाराज़ हो। कल पूरे स्टाफ़ ने मुझसे पार्टी माँगी इसीलिए मैं कैण्टीन गयी। अब ऐसा नहीं होगा प्रॉमिस..." अपने अपमान को मीठी मुस्कान के पीछे छिपा गयी शिखा।

"आज रमेश जी फिर ऑफ़िस आये थे"—उसकी बगल वाली लड़की ने फुसफुसाकर मिसेज़ शाही से कहा तो शिखा ने सुन लिया। उसका मन न जाने कैसा-कैसा होने लगा।

ऑफ़िस से बाहर निकली तो रमेश स्कूटर के पास खड़ा था। उसे मन ही मन ख़ुशी हुई। "चलो, बस में चढ़ने की झंझट से तो बची।" वह मुस्कुरा कर रमेश की ओर बढ़ी।

"ये मेरी वाइफ़ हैं, इसी दफ़्तर में काम करती हैं।"—रमेश ने पास ही खड़े एक आदमी से उसका परिचय करवाया—"और ये है पूर्णानन्द, हमारे गाँव का ही है।"

"नमस्कार" शिखा ने दोनों हाथ जोड़ दिये।

"तुम घर चलो"—सामने आती बस की ओर इशारा कर रमेश बोला। "मैं भाई के साथ थोड़ी देर बाद पहुँचता हूँ।" रमेश ने स्कूटर स्टार्ट कर दिया।

शिखा ने जल्दी से घर ठीक किया और किचन में जाकर चाय बनाने लगी। तभी रमेश आ गया—"शिखा, पूर्णा भाई खाना यहीं खाकर जायेंगे। तुम चाय बनाकर यहीं आ जाओ।"

शिखा ने दो चाय बनाकर ट्रे में रखीं और दे आयी।

रमेश उसके पीछे-पीछे किचन में आ गया—"तुम चलो न वहीं बैठकर चाय पीना।" वह बोला।

"मैंने सोचा शायद तुम्हें पसन्द न आये। इसीलिए इधर आ गयी।" शिखा ने कहा।

"मेरी पसन्द, नापसन्द का बड़ा ख़याल हो गया, मेरे दोस्तों से मिलना क्यों पसन्द आयेगा तुम्हें?" रमेश ने कहा।

"अच्छा चलो"—शिखा कप हाथ में लेकर पीछे-पीछे चली गयी। औपचारिक बातें होने लगीं। बातों-बातों में पता चला कि पूर्णानन्द शिखा के बड़े भाई को जानता है और एकाध बार उसके घर भी आ चुका है।

खाना खाकर पूर्णानन्द चला गया। रमेश को ख़ुश देखकर शिखा को अच्छा लगा। वह अपनी तरफ़ से कोई ऐसा काम नहीं करेगी जिससे उनकी छोटी-सी गृहस्थी को आँच आये। उसने मन ही मन सोचा। उसके पति को जो अच्छा लगे वही उसके लिए भी अच्छा होगा।

दूसरे दिन सुबह-सुबह पूर्णानन्द आया। आते ही उसने कहा, "शिखा, जल्दी से एक कप चाय पिला दो। फिर मैं रमेश के साथ ऑफ़िस जाऊँगा।"

रमेश ऑफ़िस के लिए तैयार ही हो रहा था। पूर्णानन्द को शिखा से हँसकर बातें करते देख वह अन्दर चला गया।

"सुनिये पूर्णानन्द भाई आये हैं।"—शिखा अन्दर आयी।

"अब फुर्सत मिली तुम्हें यह बताने की।"—रमेश ने कहा।

"क्या कह रहे हो रमेश!" शिखा हतप्रभ रह गयी।

"रमेश, कहाँ हो भाई?"—पूर्णानन्द अन्दर ही आ गया, "अरे अभी लेटे ही हो।"

"सिर में बड़ा दर्द है।" रमेश बोला।

"अरे, अभी शिखा बता रही थी कि तुम ऑफ़िस के लिए तैयार हो। क्यों शिखा, ये अचानक क्या हो गया?" दोनों के बीच के तनाव को पूर्णानन्द महसूस कर रहा था।

असमंजस की स्थिति में खड़े-खड़े दो मिनट बाद उसने कहा, "अच्छा, अभी मैं चलता हूँ।"

दोनों में से किसी ने कुछ नहीं कहा।

"रमेश, ऐसे बिना वजह तुम शक करते रहोगे तो जीना दूभर हो जायेगा।" शिखा ने रमेश की ओर देखा। "कौन-सा कॉम्प्लेक्स है तुम में यह। तुम्हीं ने कहा कि मेरे दोस्त से बातें करो, अब तुम्हीं उन्हें और

मुझे शक की दृष्टि से देख रहे हो। मेरा उनसे पहले का कोई सम्बन्ध नहीं है। तुम्हारे ही सामने उन्होंने मुझे बताया था कि वे मेरे घर आये हैं, मगर मैंने उन्हें देखा तक नहीं है और तुम''—शिखा फूट-फूट कर रो पड़ी।

''देखो ये नाटक मत करो। नौकरी वाली लड़कियों को मैं अच्छी तरह जानता हूँ।'' रमेश बोला।

''कितने अजीब हो तुम रमेश। बचपन से लेकर आज तक मैं इतने कठोर अनुशासन में पली लड़की हूँ। ऐसा मत करो, शादी के बाद करना। और शादी के बाद...'' शिखा सिसकती जा रही थी।

छह महीने में रमेश के व्यवहार ने उसे तोड़ दिया। उसने हर तरह से कोशिश की रमेश को समझाने की। मगर शक करना तो उसका स्वभाव ही था। बिल्कुल नहीं बदल पायी उसे। उसके इस अजीबोग़रीब व्यवहार ने उसे सबसे अलग-थलग कर लिया। अकेलापन उसे घेरने लगा। मगर रमेश ने सारी हदें तोड़ दीं जब उसने उसे कोर्ट में खड़ा कर दिया था।

''यह चरित्रवान नहीं है'' तो शिखा बिफर उठी। अब वह अपने आत्मसम्मान को अधिक चोट नहीं पहुँचने देगी, लड़ेगी अपने अस्तित्व के लिए; अपने जीवन को अपनी तरह से जीने के लिए। उसे किसी की उँगली पकड़ने की ज़रूरत नहीं है, न पिता की, न भाई की और न ही पति की।

आज ऑफ़िस से बाहर निकलकर उसने मुक्ति की साँस ली और आत्मतुष्टि से भर उठी। उसने निगाहें उठाकर आसमान की ओर देखा—आज़ाद पंछी अपने घोंसलों की ओर लौट रहे थे।

फूलदेही की छत

पानी का फैलाव बढ़ता ही जा रहा है। फूलदेही के घर की बस अब छत ही दिख रही है। काली-काली, काले स्लेट की बनी छत। छत पर कोई बेल है शायद लौकी, कद्दू या ककड़ी की...। थोड़ी देर बाद फूलदेही का पूरा घर पानी के अन्दर समा जायेगा जैसे पूरा पडियार गाँव समा गया, जैसे पुराना मोटर अड्डा और बद्रीनाथ मन्दिर। मन्दिर की एक-एक सीढ़ी।

चौबाटे पर बना फूलदेही का घर उस पहाड़ पर बना सबसे ऊँचा घर है, इसके बाद कुछ ऊँचा है तो वह है राजदरबार। अब राजा-महाराजाओं की बात कौन करे। वे तो तब भी ऊँचे थे जब उनका अस्तित्व था, उनकी राजशाही चलती थी और वे आज भी ऊँचे हैं, जब वे नहीं हैं। उनके राजमहल खाली हैं, फिर भी वे नहीं डूबेंगे इस बाँध के पानी में। कोई बाल-बाँका नहीं करेगा। ये तो राजा का दरबार है। सुना है होटल बनेगा इसमें। बड़े-बड़े लोग ठहरेंगे। वह खण्डहर में तब्दील नहीं होगा। आबाद हो जायेगा राजा का दरबार सालों पहले की तरह। राजा, राजा होता है। उसका दरबार कोई श्यामदेही, कलम सिंह, मोरसिंह या लज्जा का घर नहीं है, जहाँ रौनक ग़रीबी की होती है, जहाँ घर दसियों बच्चों से आबाद होते हैं, जहाँ घर के आँगन से गोबर की गन्ध आती है और उपलों से देहरी सजती है। ये कितने भोले और सहज हैं, तभी तो हर मुसीबत आराम से इनके घर आती है और अब...अब तो सब कुछ ख़त्म हो गया। कुछ नहीं बचा। एक-एक करके सारी यादें पानी में डूबती जा रही हैं। लो, फूलदेही के घर की छत भी पानी में समा गयी।

मैंने सिर झटक दिया। मुझे लगा कि मैं ज़ोर-ज़ोर से रोऊँ, चिल्लाऊँ। मुझे इस समय पता नहीं क्या हो रहा है। मैं कैसे समझाऊँ अपने दिल को। कोई नहीं समझेगा मेरे मन की इस व्यथा को, कोई नहीं। मैंने

इधर-उधर देखा। सारे फ़ोटोग्राफर, वीडियोग्राफर जा चुके थे, सिर्फ़ मैं खड़ी थी वहाँ अकेली।

अकेली ही आयी थी इस क़स्बेनुमा शहर में मैं। पहाड़ की एकमात्र यूनिवर्सिटी का एक कैम्पस यहाँ भी था। डॉ. निधि शर्मा, अंग्रेजी विभाग। छोटा-सा कमरा, दो कुर्सियाँ, एक मेज़, छोटी-सी अलमारी और मैं। ये था मेरा डिपार्टमेण्ट। पहाड़ के बीचों-बीच थोड़ी समतल जगह पर यूनिवर्सिटी कैम्पस बना हुआ था। आम के पेड़ों से घिरा, हरी टिन की छत वाला सुन्दर-सा कैम्पस था यह। न जाने कैसे-कैसे ख़यालों से घिरी पहुँची थी मैं यहाँ। हालाँकि मैं यहीं की रहने वाली थी, लेकिन पापा की पोस्टिंग जहाँ-जहाँ हुई, वहीं हम भाई-बहन अपनी पढ़ाई-लिखाई करते चले गये। अन्ततः मेरी नियुक्ति यहाँ हुई तो मुझे आना पड़ा। पहली बार माता-पिता को छोड़कर इतनी दूर। माँ तो आने ही नहीं देना चाहती थीं, मुझे यहाँ अकेले लेकिन पापा ने हँसकर कहा था—"एम.ए., पीएच.डी. लड़की को कब तक मुन्नी बनाकर रखोगी तुम। अपने पैरों पर खड़ी हो गयी है। जाये और अपनी ज़िन्दगी की शुरुआत करे। उसे अपने तरीके से जीना सीखने दो, समझी।"

पापा बेहद ईमानदार और कर्तव्यनिष्ठ प्रशासनिक अधिकारी थे। उन्हें मेरे अन्दर के डर का अहसास था लेकिन उन्होंने न जाने क्यों आँखें बन्द कर लीं थीं उस वक़्त। मैंने कहा—"लेकिन पापा कभी अलग नहीं रही हूँ मैं आप लोगों से। पहली बार इतनी दूर अकेले, इतने सारे अजनबियों के बीच...।"

"अजनबी, कौन अजनबी? जहाँ की मिट्टी में तुम बड़ी हुई। तुम्हारे बाप-दादाओं की ज़मीन है वह। तुम्हारी भाषा बोलते हैं, वहाँ के लोग। कैसा अजनबीपन अपनी ही ज़मीन में बेटा...!" पापा गम्भीर हो गये थे।

माँ भी थोड़ा विरोध करती रहीं, लेकिन पापा का कहना था कि लड़की नौकरी करेगी, जाने कहाँ-कहाँ जायेगी। तुम उसके आत्मविश्वास को बढ़ाओ, तोड़ो मत। अपना ही तो घर है वहाँ और वह सामान बाँधकर चली आयी थी यहाँ अकेले ही। छोटी-सी जगह में मकान मिलना कोई कठिन बात नहीं थी। उसी दिन पहाड़ी के सबसे ऊपर बने मकान के एक हिस्से में मुझे दो कमरे, किचन, टॉयलेट, बाथरूम सहित मिल गये। पहले पहल अपना घर होने के अहसास ने मुझमें सचमुच उत्साह भर दिया। तीन-चार दिन तक लगातार मैं पहाड़ के नीचे उतरकर अपनी

ज़रूरत की चीज़ें लाती। कॉलेज के लोग मेरी ख़ूब सहायता करते। जल्दी ही घर सज गया। मैं ख़ुश थी। हाँ, तब याद आया, अरे घर के बाहर आँगन में बैठकर तो देखूँ कैसा लगता है यहाँ। चाय का प्याला हाथ में लेकर मैं बाहर आयी।

चारों तरफ़ बड़े-बड़े पहाड़ों से घिरा क़स्बा। एक पहाड़ी के ऊपर मन्दिर बना था, 'खैट मन्दिर'। बाद में मेरी मकान मालकिन ने बताया कि यह मन्दिर अछेरियों का है। जो सुन्दर पुरुष स्त्री वहाँ जाते हैं, अछेरी उन्हें हर लेती हैं। उसने मुझे भी वहाँ जाने से मना किया। उसके लिए मैं अछेरी से भी सुन्दर थी। मैंने कहा था–"माँ जी, आप मुझे अछेरी से सुन्दर कहती हैं तो एक दिन मैं वहाँ जाऊँगी और अछेरी को ही हर ले आऊँगी। ठीक..."

"छिः ऐसे भी कहीं बोलते हैं! तू वहाँ नहीं जायेगी बस..." सरल हृदया मकान मालकिन गम्भीर हो जाती।

"ठण्ड के दिनों में तो ये मन्दिर दिखता ही नहीं। बर्फ़ से ढँक जाता है सारा कुछ। ये पहाड़, ये पेड़, ये रास्ते सब कुछ। अब तो ज़्यादा बर्फ़ नहीं गिरती। गिरती है तो टिकती नहीं। ज़्यादा से ज़्यादा महीने, आध महीने। पहले तो दो-तीन महीने सब कुछ सफ़ेद रहता था। क्या दिन थे वे भी..." बोलते-बोलते वे जाने कहाँ खो गयीं। उनकी आँखों में पानी था। कभी लगता हँस देंगी, कभी लगता रो देंगी।

"अब तो सब डूब जायेगा साल दो साल में। सरकार बाँध बना रही है न। दिल्ली में बिजली जायेगी, पानी जायेगा। ठीक ही तो है सब-कुछ देश के लिए होगा और फिर गढ़वाल की तो परम्परा है बेटा देश के लिए बलिदान देने की। क्यों..." उनकी आँखों में विरक्ति का भाव था, उन्होंने प्रश्नात्मक दृष्टि मेरे ऊपर डाली, मानो मेरे हाँ या न कहने से उनकी बात की पुष्टि हो सकेगी।

"हाँ, माँ जी हमारे यहाँ से तो न जाने कितने लड़के फ़ौज में भरती होने जाते हैं..." मैंने कहा, "आपका लड़का भी तो शायद फौज में..." मेरी बात अधूरी ही रह गयी। मैंने देखा वे रो रही थीं।

"पहले पति गया, फिर बेटा और अब ये खेत, ये घर, ये हमारे बाप-दादा की ज़मीन..." कहकर वे फफक-फफक कर रो दीं। मैं अवाक् रह गयी। छोटा-सा शहर। दो नदियों का मिलन-स्थल है यहाँ। पहाड़ों के बीच थोड़ा-सा समतल, थोड़ा-सा पहाड़ी, बाँध निर्माण के

लिए आदर्श जगह। बाँध का काम बहुत पहले शुरू हो चुका था। हर दिन विरोध के काले झण्डों से सजा शहर, सरकार के लिए हाय-हाय के नारों से गूँजती पहाड़ियाँ, आधुनिकतम मशीनों की गड़गड़ाहट और धूल भरी आँधियाँ इस शहर की नियति बन चुकी थी। लोग बुझे-बुझे, आतंकित और निराश। न जाने कब पूरा हो जायेगा काम और जहाँ वे चलते-फिरते दौड़ते हैं; वे सब जगहें पानी में समा जायेंगी। सरकार ने पैसे दे दिये हैं विस्थापितों को स्थापित करने के लिए, लेकिन वे जगह की ममता को, खेतों के जुड़ाव को कैसे विस्थापित करें? भोले-भाले पहाड़ी लोग इस बात को ही नहीं समझ पा रहे हैं। पर वे ख़ुश हैं देश के विकास के लिए।

मेरे कमरे की खिड़की से पहाड़ के नीचे बहती भागीरथी का शान्त स्वर मुझे बहुत लुभाता था। मैं अकसर खिड़की पर खड़ी होकर, अँधेरे में उस आवाज़ को सुनती, तो कभी लगता कातर स्वर में भागीरथी कहती है—"मत रोको, बहने दो मुझे और कभी लगता है कि वह ख़ुश है। कहती है मुझे रोको ताकि मैं लोगों के आँसू पोंछ सकूँ...शायद भागीरथी भी यहीं के लोगों की तरह दुविधा में है। मैं जिस कमरे में खड़ी हूँ, जिस खिड़की से तुम्हें देख रही हूँ भागीरथी, यह कुछ नहीं बचेगा, सब कुछ तुममें समा जायेगा? मैं सिर से पैर तक सिहर गयी। तभी बाहर से मकान-मालकिन की बहू श्यामदेही ने आवाज़ दी—"भुल्ली"... (छोटी बहन)।

"हाँ," मैंने सहज होने की कोशिश की।

"ले दूध ले ले।"

श्यामदेही रोज़ मुझे दूध देने के समय ही मिलती थी। दिन भर वह ख़ुद को ढेरों कामों में लगाये रहती। कभी घास लेने, कभी लकड़ी लेने जंगल में, कभी खेतों में और कभी पानी भरने धारे में जाती।

"भौजी अन्दर आओ न..." मैं हमेशा ही आग्रह करती। पर वह हमेशा मुस्कुराकर टाल जाती।

"चूल्हे-चौके का समय हो गया भुल्ली, फिर बैठूँगी।"

"आज तो भौजी आपको अन्दर आना पड़ेगा।" मैंने ज़िद कर उनका हाथ पकड़ लिया।

"आज नहीं भुल्ली..."

"आप तो बस रोज़-रोज़, आज नहीं कल, ये भी नहीं सोचतीं कि मैं कैसे रहती हूँ अकेले..." मैंने उलाहना दिया।

"कैसा होता है अकेलापन मैं नहीं जानती..." भौजी का स्वर कठोर हो गया। "अच्छा चलूँ..."

मैं अवाक् रह गयी।

दूसरे दिन मकान मालकिन आयी। बोली—"चलो तुम्हें बद्रीनाथ मन्दिर घुमा लाऊँ, आज रविवार है न; तुम्हारे पास आज तो समय होगा।"

"हाँ, हाँ।" मैं ख़ुश हो गयी और जल्दी से कपड़े बदलकर आ गयी।

पहाड़ के ढलवाँ रास्ते को लगभग हम दौड़ते ही पार कर रहे थे। मैं आश्चर्यचकित थी। इतने बुढ़ापे में भी ये कितनी फुर्तीली और ख़ुशमिजाज़ हैं।

"माँ जी, ब्रद्रीनाथ तो यहाँ से सैकड़ों किलोमीटर दूर है फिर यहाँ बद्रीनाथ मन्दिर कैसा"? मन्दिर के शान्त अहाते में मैंने पैर आगे बढ़ाये।

बड़ा-सा पीपल का पेड़, छोटा-सा मन्दिर और चारों तरफ़ समतल मैदान जो पूरी तरह जंगली फूलों से खिल उठा था। वहाँ अजीब-सी शान्ति थी। उस शान्ति को तोड़ते मेरे शब्द मुझे ही विचित्र लगने लगे।

"अरे इतना भी नहीं जानती बड़े बच्चों की मैडम!" —उन्होंने हँसते हुए कहा और मन्दिर के अन्दर चली गयीं। मैं उनके पीछे-पीछे गयी। मन्दिर के अन्दर काफ़ी अँधेरा था। माँ जी ने दिया जलाया और न जाने क्या बुदबुदायीं। मैं भी हाथ जोड़े खड़ी रही। वर्षों पुरानी शिवजी की मूर्ति दीये के क्षीण प्रकाश से दिपदिपा रही थी। हम दोनों मन्दिर से बाहर आये।

"चलो नीचे चलें, भागीरथी के पास"—और हम सीढ़ियाँ उतरने लगे।

"सँभल कर आना बेटा, सीढ़ियाँ थोड़ी सँकरी हैं।"

उतरते हुए मुझे डर लग रहा था। नीचे अन्तिम सीढ़ी काफ़ी चौड़ी थी। मैं उनके पास ही ठण्डे पानी में पैर डाल कर बैठ गयी।

"कितनी शान्ति है यहाँ।" मैंने कहा।

"हाँ, जब कभी उदास हो जाओ तो यहाँ आना चाहिए। इस शान्ति से चाहे कितनी ही बातें कर लो। न तुम पर कोई हँसने वाला, न रोने वाला। मैंने इस जगह को जिया है सत्तर साल। कैसे देखूँगी इसे डूबते, तिल-तिल मरते"—माँ जी की आँखों में गहरी उदासी छा गयी। थोड़ी देर बाद वे प्रकृतस्थ हुईं और कहा—"यहाँ ये जो बद्रीनाथ मन्दिर है न इसे भी दूसरा बद्रीविशाल समझो।"

"कैसे?" मैंने पूछा।

"बहुत पहले जब यहाँ राजा-रजवाड़े थे तब कहते हैं कि यहाँ के

राजा पर देवी भगवती और भोले बाबा की असीम कृपा थी। बद्रीनाथ के दर्शन के बाद यहाँ के राजा के दर्शन भी ज़रूरी माने जाते थे। उन्होंने ही बनवाया है ये मन्दिर। कुछ लोग सिर्फ़ इस मन्दिर में ही दर्शन करने आते थे और यहाँ भागीरथी और भिलंगना के पवित्र संगम पर स्नान कर अपने पिछले पाप धोते और अगले जन्म को सुधारते थे। अब तो...'' उन्होंने गहरी साँस ली।

''माँ जी आज तक आपने मुझे अपने बारे में कुछ भी नहीं बताया?'' मैंने उनकी तरफ़ देखते हुए कहा।

''ऐसा कुछ भी नहीं कि तुम्हें बताऊँ। आम पहाड़ी लड़की की तरह पहाड़ों पर कूदते, तितली पकड़ते, देहरियों में फूल सजाते, घास लकड़ी लाते और धारों से बंठे-बंठे गागर पानी लाते कब बड़ी हुई, नहीं जानती। एक फूलदेही के दिन बात पक्की हुई और दूसरे देवी की जगरात ब्याह। ये फ़ौज में सूबेदार थे, इसका पता तो मुझे कमल सिंह के पैदा होने के बाद चला।'' हल्की-सी मुस्कान लिए ढलती धूप में उनका गोरा चेहरा चमक रहा था।

''बेटा, कमलू दो साल का था तो तार आया। तार की एक पंक्ति ने सारे रिश्ते एक झटके में तोड़ दिये। बस रह गये मैं और मेरा बेटा। नीचे ज़मीन थी ऊपर आसमान। मैंने हिम्मत नहीं हारी। कमलू की उँगली पकड़ कर प्रेमसिंह दादा की भैंस की कोठरी में रात काटी। दुःख मनाने के लिए समय ही नहीं था। बस थी तो चिन्ता। कैसे जियेंगे। सुबह दादी ने देखा तो कोठरी में रहने की आज्ञा दी और दिया काम। कमलू को मोटी रोटी पकड़ा, दोनों पैर रस्सी से खूँटे में बाँध घर में छोड़कर भैंस चराने ले जाती, घास काटती, लकड़ी लाती और पानी भरती। दिन भर थक-हारकर आती तो कमलू कभी सोता मिलता तो कभी रोता। किसी तरह दो रोटी बना पाती ताकि ज़िन्दगी चलती रहे और ताज्जुब है ज़िन्दगी चलती रही। मेरी भी और खूँटे से बँधे कमलू की भी।

तीन साल बाद एक दिन अचानक एक बड़ा ऑफ़िसर आया। उसने पूरे गाँव के लोगों की मीटिंग बुलाई। सबकी समस्याएँ सुनीं। मेरी समस्या भी सुनी। चार महींने बाद ही मेरी पेंशन लग गयी। पैसे ने लोगों की निगाहें बदल दीं। तीन साल बाद दादी को पोते की याद आने लगी। पर मैंने भी दो बातें ठान ली थीं। पहली कि मैं अब वहाँ नहीं जाऊँगी। दूसरी कि मैं कमलू को फ़ौज में ही भेजूँगी। सब तरफ़ विरोध था। गाँव

के ऊपर मैंने अपना घर अपने हाथ से बनाया। एक-एक पत्थर ख़ुद चिना। कमलू के दो छोटे हाथ मेरा हौसला बढ़ाते। उस पेंशन के पैसे से कमलू को स्कूल भेजा, भैंस ख़रीदी, दूध बेचा, बेगारी की पर कमलू को आत्म सम्मान का पाठ पढ़ाया। धीरे-धीरे दिन बीत रहे थे। कमलू बड़ा हो गया। अठारह साल का। उसके रोज़ एक नये प्रश्न से मैं परेशान थी।

"तुम मुझे भैंस के खूँटे में क्यों बाँधती थीं, तुम गाँव से अलग क्यों रहती हो, पिताजी मरे तो तुम रोयी भी नहीं? न जाने कैसे प्रश्न थे ये, कहाँ से सीखता था मेरा बेटा। मैं उसे क्या बताती कि मेरे आँसू कहाँ चले गये। और सच्ची बेटा मैं नहीं रोयी थी। उस दिन भी जिस दिन कमलू घर से भाग गया किसी नयी ख़ूबसूरत ज़िन्दगानी की तलाश में। मैंने अपने मन को समझा लिया था कि यही भाग है मेरा और एक दिन अचानक मेरी आँखों के सामने खड़ा हो गया फ़ौज की वर्दी में 'सूबेदार कमलू सिंह'। आँख मल-मल कर देखा मैंने। अरे! मेरा कमलू सूबेदार हो गया। शादी की उसकी जल्दी-जल्दी, फिर न चला जाय। बड़े-बड़े वादे किये थे उसने। माँ अब यहाँ नहीं रहेंगे हम। शहर चलेंगे। और एक दिन तो सच्ची बिस्तरबन्द बाँध भी दिया उसने।"

"न-न बेटा मैं नहीं जा पाऊँगी। नहीं छोड़ पाऊँगी मैं इस पत्थर के घर को, जिसने अन्दर ही अन्दर मेरे अनगिनत दुःखों को झेला है मेरे साथ।"

"कमलू बहू का हाथ पकड़ कर चला गया। फिर अकेली रह गयी मैं। पर मेरा भाग तो देख रोती-कलपती बहू लौटी थी अकेली। कमलू को मलेरिया हो गया, बिगड़ गया और वह निर्दयी भी चला गया। उस दिन भी मैं नहीं रोयी बेटा, नहीं रोयी। बहू को सीने से लगाकर रखा है तब से अब तक।" बोलते-बोलते माँजी की साँस फूलने लगी। भागीरथी का ठण्डा पानी और ठण्डा होता जा रहा था। सूरज कब का पहाड़ी के पीछे फिसल कर चला गया था। हम दोनों सीढ़ियाँ चढ़ने लगे। उसी फूलदेही की छत पानी में समा गयी है।

सूरज सहमा-सा

"ज़्यादा जीभ चलाई तो काट कर हाथ में रख दूँगी।"

"मैं तेरा हाथ ही काट कर दूसरे हाथ में रख दूँगी।"

"तूने मुझे क्या समझा है।"

"जा, जा अपनी जगह पर सीधी खड़ी तो हो पहले, तब काटना हाथ, समझी।"

"ले खड़ी हो गयी, बता अब क्या करेगी तू?"

"तेरे घर वालों ने..."

"घर पर मत चढ़ समझी..."

लो हो गयी सुबह थान गाँव की। यहाँ ज़रूरत नहीं है कि मुर्गा बाँग दे, कि पूरब में लाली छाये, कि घुघुती की घुर-घुर हो और कहे–"उठो, उठो रात गयी, आलस छोड़ो, काम पर जुट जाओ।" यहाँ की सुबह तो बत्तीस वर्षीय रामी और सैंतालीस वर्षीय बसन्ती की गाली-गलौज और झगड़े के साथ ही अँगड़ाइयाँ लेती है।

उधर बसन्ती दुकान खोलती है जिसमें होती है चाय की पत्ती, गुड़, दूध, कच्चा नारियल, आटे की घटिया बरफी और सड़े गले फल और सब्ज़ियाँ जो इस तरह से सजे होते हैं कि उनकी असलियत ख़रीदने के बाद घर जाकर ही पता चले। और रामी उसी आँगन में बनी ओखली से बाहर छटकते हुए धान को सावधानी से पैरों की उँगलियों से अन्दर सरकाती हुई धम्म-धम्म कर मूसल ऐसे चलाती है मानो मूसल की हर धमक के साथ उसके मन की कड़वाहट बाहर आ रही हो।

चारों ओर पहाड़ों से घिरे इस छोटे से गाँव में वैसे भी सुबह का सूरज नौ बजे से पहले नहीं दिखता। तब तक तो बसन्ती की दुकान की आधी चीज़ें बिक चुकी होतीं और रामी धान कूटकर, भैंस-गाय दुहकर,

खाना बनाकर, धारे-से बंठे-बंठे पानी लाकर, लीप-पोंछ कर, घास काटने जा चुकी होती।

"ऐ सूबेदार जी, आज चम्बा जाओगे तो सौदा ले आना दुकान का, खतम हो गया है"—बसन्ती ने सूबेदार मकानसिंह रावत से कहा जो हुक़्क़े की गुड़गुड़ाहट में इतना मशगूल था कि सुन ही नहीं पाया कि बसन्ती ने क्या कहा। बसन्ती भी जानती है कि इस घर में धीमी या सामान्य आवाज़ से कोई असर नहीं पड़ता किसी पर अब। चिल्लाना तो पड़ता ही है, खासकर इस बुड्ढे के लिए। अनगिनत झुर्रियों वाला सूबेदार का चेहरा इतना बेफ़िक्र कैसे दिखता है। यों तो बसन्ती का चेहरा भी कम झुर्रीदार नहीं।

पहाड़ों पर वैसे ही तीस-पैंतीस साल में व्यक्ति पचास-पचपन का सा दिखने लगता है और ऊपर से दुनिया की दस परेशानियाँ और चिड़चिड़ाहट जैसे सोने पर सुहागा।

बसन्ती जब से इस सूबेदार से बँधी उसी दिन से सूबेदार मानो सारी ज़िम्मेदारी बसन्ती पर डाल निश्चिन्त हो गया और बसन्ती तो बेचारी ये भी नहीं जान पायी कि सूबेदार का मतलब क्या है? ये उसका नाम है या उसके काम की पदवी। उसका पति क्या करता है? उसके घर में कौन-कौन हैं? कुछ भी नहीं। शायद दो-ढाई साल बाद उसे पता चला कि वह अपने पति की दूसरी पत्नी है। पहली तो बसन्ती से शादी के साल-छह महीने पहले ही गुज़र गयी थी और जब तक बसन्ती ये जान पायी तब तक तो सूबेदार तीसरी शादी की तैयारी कर चुका था क्योंकि सूबेदार सन्तान सुख से वंचित था।

बसन्ती जिसका पति पैंतालीस से ज़्यादा बसन्त पार कर चुका था जो ख़ुद इकतीस वर्ष की थी, इस सूचना से बेहद ख़ुश थी। चलो घर की मनहूसियत कुछ तो कम होगी। लेकिन उसको खिलायेंगे क्या? अभी तक तो उसको पता ही नहीं है कि उसका पति कमाता भी है या नहीं। सुबह से बालों में तेल लगाकर, सदरी पहनकर, छाता पीठ पर लटकाकर, जगह-जगह से फटे जूतों को बड़े जतन से कपड़े के थैले में रख कर, नंगे पैर ही सूबेदार कहाँ जाता था, बसन्ती नहीं जानती थी। शुरू-शुरू में उसने लाजवश नहीं पूछा और बाद में उसे यह जानने की कभी इच्छा नहीं हुई। तीन कमरों के अँधेरे घर को लीपना-पोंछना, मीलों नीचे उतरकर गाय-भैंसों के लिए धारे से पानी लाना, घास लकड़ी रखकर अपने दो-चार

खेतों में काम करना और लोगों के साठी (धान) कूटकर बदले में अपने लिए आटे-चावल का इन्तज़ाम करते हुए बसन्ती के दिन-रात में और रातें दिन में तब्दील हो जाया करती थीं। कभी-कभार सूबेदार उसे सौ-पचास रुपये दे दिया करता था, जिन्हें वह अपनी ही नज़रों से दूर छिपा कर रख देती थी। अभावों में पली-बढ़ी बसन्ती का अपना कहलाने वाला सिर्फ़ सूबेदार ही तो था। सुना है कि रुमका दादा, जिसने उसे पाला था या यह कह लो कि काम करने के एवज़ में उसे एक दो समय का खाना दिया करता था, सोलह-अट्ठारह साल तक और जिसने उसे अचानक सूबेदार के गले एक दिन बाँध दिया था, मर गया पिछले साल।

ओखल्यारे में उड़ती-उड़ती ख़बर सुनी थी बसन्ती ने। रात में सूबेदार से कहा था पता लगाने के लिए। पर सूबेदार रुमका दादा को गाली देते-देते खर्राटे भरने लगा था। रात भर रोयी थी बसन्ती उस रुमका दादा के लिए, जिसके लिए वह रात-दिन नागर्जा देवता से मरने की मनौती मानती थी। दूसरे दिन सूबेदार को चाय का गिलास पकड़ाते समय बसन्ती की सूजी आँखें देखकर उसने ख़ुद ही पूछा था—"तू जायेगी क्या साबली?"

"न" उसने सिर फेर लिया। उसके बाद तो वह काम-धन्धे में ऐसे जुटी कि जैसे कुछ हुआ ही नहीं।

"ए बसन्ती, दो-चार टोकरी गोबर मेरे खेतों में डाल देगी। मेरा हाथ सुन्न हो गया है आज।" उसकी सहेली कुन्ती ने कहा।

"अच्छा।" बसन्ती मेंड़-मेंड़ चलकर उसके खेतों में पहुँच गयी। "इस बार छेमी (राजमा) अच्छी हुई है तेरे खेतों में।" बसन्ती ने गोबर की टोकरी खाली करते हुए कहा।

"हाँ, पर जी (सास) तो सब बेच देगी, हमें तो स्वाद भी मोल लेकर ही मिलेगा।" कुन्ती ने कहा, फिर कुछ रुककर बोली— "सुना है, सूबेदार तीसरा ब्याह कर रहा है?"

"हाँ, मैंने भी सुना है।" बसन्ती ने निर्विकार भाव से कहा।

"तूने पूछा नहीं?" कुन्ती आश्चर्य में थी।

"नहीं रे, पूछना क्या है? अच्छा ही होगा, कुछ काम-धन्धे से छुट्टी मिलेगी।" बसन्ती ने टोकरी में गोबर भरते-भरते जवाब दिया।

"खिलायेगी क्या?"

"मुझे कौन खिला रहा है?" बसन्ती ने तीखे स्वर में उल्टे ही

प्रश्न कर दिया। फिर थोड़ा नरम होकर बोली, "अपनी किस्मत लेकर आयेगी साथ।"

"लेकिन इस बुढ्ढे को क्या सूझी ब्याह की? आठ-दस साल में तो मर ही जायेगा।" कुन्ती पूरे आत्मविश्वास के साथ बोली।

बसन्ती खिलखिलाकर हँस दी—"चलो मेरे लिए साथ छोड़ जायेगा।"

"ले, दो मुट्ठी छेमी ले जा" काम ख़त्म करके जाती हुई बसन्ती की टोकरी में ढेर सारी छेमी पलटते हुए कुन्ती बोली।

"इतनी सारी?" बसन्ती सकपका गयी।

"बुड्ढे को खिलाना" दोनों खिलखिला दीं।

जैसा नाम, वैसा रूप। बसन्ती जैसा कोई नहीं है इस गाँव में दूसरा। आवाज़ तो इतनी धीमी कि कोई तीसरा कान लगाकर भी नहीं सुन सकता। रीठे से बाल धोकर सुखाती है धारे में तो पूरा पहाड़ मानो उमड़ आता है देखने। पर हाय रे दैव—कुन्ती ने गहरी साँस ली। चलो घर चलें, पति परमेश्वर दारू पीकर आ चुके होंगे और सास कुन्ती के आलस और ढिठाई की कहानी सुना-सुनाकर उसका गुस्सा सातवें आसमान पर पहुँचा रही होगी। ढीठ तो हो गयी है कुन्ती भी। कुन्ती ही नहीं इस पहाड़ी गाँव की एकाध औरतों को छोड़ सभी की किस्मत भगवान ने एक ही कलम से लिख दी थी कि पति फ़ौज में छोटी-मोटी नौकरी करेगा, जल्दी रिटायर होगा, घर वापस आयेगा और बाक़ी के दिन रिटायर्ड ऑफ़िसर का जीवन जियेगा। जितनी मेहनती और ज़िम्मेदार यहाँ औरतें हैं, उसके ठीक उलट आदमी।

सूबेदार चला गया था शादी करने। जतन से रखी सदरी, कोट, पतलून और जूते उसने कपड़े के थैले में सहेज कर रखे थे। जाते समय बसन्ती को दो सौ रुपये देकर कहा था कि घर में राशन भर दे। दो-चार दिन में वो रामी को लेकर लौटेगा। उसी दिन से बसन्ती ने उन अँधेरे तीन कमरों में रोशनी भरनी शुरू कर दी। घर को पूरी लगन से झाड़ा-पोंछा, चूना किया। कहीं से गेहूँ का आटा, तो कहीं से गुड़ की व्यवस्था की। आज रोट बनायेगी। आख़िर सौत जो आ रही है।

बसन्ती आज अजीब सी ख़ुशी में सराबोर थी। सब काम निपटा कर बाहर बिट्टे पर बैठ गयी। शाम का धुँधलका पहाड़ों पर घिरने लगा था। ऊँचे-ऊँचे पर्वतों की चोटियों में कहीं-कहीं धूप टँकी थी। नीचे से काले-भूरे पहाड़ ऊपर से चमक रहे थे। धीरे-धीरे बस पहाड़ के खड़े होने का आभास भर हो रहा था।

गज़ब का शान्त हो जाता है पहाड़ शाम होने पर। कहीं कोई आवाज़ नहीं, हलचल नहीं। किसी घर की चिमनी से धुआँ भी निकलता नहीं दिखता। काले पठालों की छत वाले घर मानो कहीं पहाड़ की गोद में दुबक गये हैं। निःशब्द अँधेरा गहराता जा रहा था। ठण्ड बढ़ रही थी। बसन्ती को ध्यान आया, उसने स्वेटर भी नहीं पहना है। असल में जब यहाँ बैठी थी तो धूप थी उस समय, कितना समय बीत गया ध्यान ही नहीं रहा उसे। लगता है आज भी सूबेदार नहीं आयेगा। वह धीरे-से खड़ी हो गयी, एक उदास निगाह पहाड़ पर डाली और गाँव के ढलवाँ रास्ते पर ख़ुद को छोड़ दिया। आज काफुली बनायी थी, साथ में चौंसा और पिंडालू की सूखी सब्ज़ी। दूध के बदले आज साठी लायी थी, कूटकर सोंधे चावल बनाये और दूध, गुड़ की खीर भी। क्या करे बसन्ती? अपने आँगन में आकर बैठ गयी।

"हे देवी भगवती! सबको राजी ख़ुशी रखना, मणस्यारा बाघ (नरभक्षी) लगा है गाँव में, कहीं...!" वह सिर से पैर तक सिहर गयी। "न, न, मुझे खा लेना रे पापी पर सूबेदार जी और रामी को..."

लालटेन तो होगी सूबेदारजी के पास। उसने फिर पहाड़ के टेढ़े-मेढ़े रास्तों पर नज़र दौड़ाई। रात में ये रास्ते कैसे विचित्र लगते हैं।

बसन्ती ने लालटेन की बत्ती नीची की। वह ढकेन (रज़ाई) ओढ़कर लेटने ही वाली थी कि दरवाज़े की साँकल बजी हल्के से।

"कौन है रे... (मणस्यारा बाघ)?"

साँकल फिर बजी, अबकी ज़रा ज़ोर से। बाहर से खाँसने की आवाज़ आयी और साथ में चूड़ियों की खनक।

बसन्ती एकबारगी सिहर उठी। उसे लगा उसकी सारी शक्ति निचुड़ गयी है। सैकड़ों बिच्छुओं ने मानो उसको डस लिया हो।

"आयी"—उसने जल्दी-जल्दी ढकेन वापस लपेटा और लालटेन लेकर दरवाज़े पर पहुँची। आगे-आगे सूबेदार और पीछे गुलाबी धोती के आँचल को कमर में लपेटे, बड़ी-बड़ी चौकस आँखों वाली पन्द्रह-सोलह साल की लड़की। चटक गोरा रंग और लाल-लाल गाल। नाक ऐसी मानो छुएँगे तो ख़ून छलछला आयेगा। लालटेन की रोशनी उसके सामने फ़ीकी पड़ रही थी। बसन्ती धक्क से रह गयी। "हे देवी भगवती, किसने की होगी अपनी बच्ची की हत्या। हत्यारा, नीच। उसने देखा नहीं किससे ब्याह रहा है बेटी को?" बसन्ती का मन हुआ कि अभी जा पहुँचे उसके बाप

के यहाँ और पूछे—"अन्धा हो गया था क्या? अँधेरे में भी इस सूबेदार की झुर्रियाँ गिनी जा सकती हैं। तुझे कौन-से झालर-मोती दिखे पापी!"

दुख को चिन्ता में बदल दिया बसन्ती ने—"इतनी रात करके आये सूबेदारजी इस अबोध को लेकर? मणस्यारा बाघ लगा है?"

"मणस्यारा बाघ क्या कर लेता, खुखरी है मेरे पास"—और रामी ने कमर के फेंटे से खुखरी निकाल ली।

बसन्ती हैरान थी। "और सुनो सौत जी, मैं अबोध नहीं हूँ, रामी हूँ जौनसार की। समझी?" हाथ की चूड़ियों की खनक, खनक कम और चुनौती ज़्यादा लग रही थी।

"चलो हाथ-मुँह धोकर खाना खा लो।"

बसन्ती ने रामी को कोई जवाब नहीं दिया।

"मुझे भूख नहीं है।" सूबेदार ने जूते उतारकर एक तरफ़ रख दिये और कम्बल उठाकर अन्दर के कमरे में चला गया।

"मैं तो खाऊँगी खाना, भूख लगी है। सारे रास्ते बुड्ढे ने चाय-पकौड़ी के लिए भी नहीं पूछा।" रामी ने बड़ी लापरवाही से बंठे से पानी निकालते हुए कहा।

"रामी, ऐसे नहीं बोलते बे...," बेटी बोलते-बोलते थम गयी बसन्ती।

खिलखिलाकर हँस दी रामी। "तुम्हीं रखो अपने लारे-लप्पे अपने पास। बुड्ढे को बुड्ढा, सौत को सौत, भूख को भूख नहीं कहेंगे तो क्या कहेंगे। अरे ग़रीबी नहीं होती तो न तुम यहाँ होती और न मैं। तुम्हारा तो मैं नहीं जानती पर मेरे लिए तो हज़ार रुपये खरचे हैं इस सूबेदार ने। चुपचाप ब्याह कर दिया इसके साथ मेरा। निचुड़ा नीबू—'बाँजा गौं कु मुस्सु पदान (बंजर गाँव का चूहा मालिक)।"

बसन्ती को हँसी आ गयी—"चल खाना खा ले" बसन्ती आश्चर्य में थी कि सूबेदार के पास इतनी रकम कहाँ से आ गयी।

थाली खींचकर अपनी तरफ़ करते हुए रामी बोली, "तुम्हारा?"

"तू खा ले पहले।" बसन्ती ने स्नेह से उसकी ओर देखा।

"अच्छा" खाते-खाते बोली रामी। "कल से काम आधा-आधा। तुम जो-जो काम करती हो मुझे बता दो अभी। और सुबह की चाय भी तुम बनाना, चाहो तो खाना भी। मैं कूटना-पीसना, गाय-भैंस, डोखरा-पुंगड़ा (खेती-बाड़ी) घास लकड़ी का काम कर दूँगी। वैसे भी मुझे बाहर घूमना अच्छा लगता है।" रामी ने क्षण भर में सबकुछ बाँट-चूँट कर रख दिया।

और सचमुच उसने सुबह से ही बाहर के कामों की बागडोर अपने हाथ में ले ली। अब सुबह चुपचाप नहीं आती थी। रामी की ललकार के साथ सूर्यदेव उदित होते थे। कुछ-कुछ डरे-सहमे से। रामी पूरी विद्रोही थी। अपने ऊपर हुए अत्याचार के लिए वह सबको ज़िम्मेदार मानती थी। उसके बचपन में ही स्वर्ग सिधार गये माँ-बाप, उसी की तरह किसी के भी गले मढ़ दी गयी उसकी तीन बड़ी बहनें, गाँव के लोग, ग़रीबी, सूबेदार, पूरा समाज, यहाँ तक कि बसन्ती को भी और भगवान को भी।

आते ही उसने बनी-बनायी व्यवस्था को पूरी तरह बदल डाला—"तुमसे काम नहीं होता ज़्यादा, तुम दुकान खोलो इस बाहर वाले कमरे में," उसने हफ़्ते भर बाद ही बसन्ती से कहा।

"दुकान?" बसन्ती के आश्चर्य का ठिकाना न रहा। औरत और दुकान? और फिर पैसा कहाँ से आयेगा सौदे के लिए?

"पैसा...अरे सौत जी पैसा तो मैं इस बुड्ढे का चुरा लायी सारा, पहले ही दिन..."

"क्या?"

"हाँ, और रही दुकान में औरत के बैठने की बात, तो पहले बैठो सुबह की ज़रूरत का सामान लेकर। सब आयेंगे चायपत्ती, गुड़, चीनी लेने। धीरे-धीरे आगे की व्यवस्था भी हो जायेगी।"

"पर सूबेदार जी..."

"अरे छोड़ो बुड्ढे को। वैसे भी उस पर क्या असर पड़ता है? उसे खिलाओ और भेज दो चम्बा। दिनभर ताश-पत्ती खेले, आ जाये दारू पीकर घर, दो-दो नौकरानियाँ जो हैं यहाँ।" रामी वितृष्णा से भर उठी थी। सूबेदार की सूरत देखते ही उसकी आँखों से चिनगारियाँ निकलने लगती थीं। सूबेदार सिर झुकाये सुबह से ही निकल जाता था।

दुकान चल निकली। बसन्ती ने भी अपने सँजोये पैसे रामी को दे दिये। लेकिन इस सबके बावजूद न जाने क्या होता था कि बसन्ती और रामी में रोज़ लड़ाई होती। सदा चुप रहने वाली बसन्ती भी अब चिल्लाने से बाज़ नहीं आती। रामी सुबह से ही अपना गुस्सा बसन्ती पर निकालती और बसन्ती अपने वर्षों की घुटन रामी पर। बसन्ती को उसके साथ हुई ज़्यादती का अनुभव हालाँकि रामी ने उसे करवाया था, लेकिन बसन्ती अपने ऊपर हुए अत्याचार की खीज रामी पर ही निकालती। धीरे-धीरे रामी ने घर की सारी बागडोर अपने हाथ में ले ली। बसन्ती स्वतन्त्र थी

और सिर्फ़ दुकान ही देखती थी। दुकानदारी के सारे दाँवपेंच भी उसने सीख लिए। रामी दिनों-दिन सुबह के सूरज-सी निखरी जा रही थी। बसन्ती उसका बेहद ध्यान रखती। बुरी नज़र हो या बुरा ज़माना, रामी के पैरों पर राख का टीका लगाना नहीं भूलती। हालाँकि रामी इसके लिए भी उससे लड़ा करती थी। रात को रामी बसन्ती के पैरों में जबरदस्ती कड़वा तेल मलती और सौ-पचास बातें सुनाती कि सूबेदार को उसके गले में मढ़ने में बसन्ती की साजिश थी। अब बसन्ती प्रतिरोध नहीं करती।

देखते-देखते सोलह-सत्रह साल बीत गये। पहाड़ों में तो ज़िन्दगी वैसे ही ठहर-ठहर कर चलती है। शहरों की ज़िन्दगी की लकदक में कब सब कुछ बदल जाता है, पता ही नहीं चलता जबकि पहाड़ों में पसरी ठण्ड जैसे जाती ही नहीं, वैसे ही वहाँ कुछ बदलता भी नहीं, बदलता है तो बस परत-दर-परत झुर्रियों से अटा चेहरा।

बसन्ती बीमार है। दुकान रामी ने सँभाली है। आज तो दुकान में ग्राहक हैं कि कम ही नहीं हो रहे। किसी को गुड़ चाहिए तो किसी को चाय की पत्ती, किसी को नारियल तो किसी को बिस्कुट। रामी को सिर उठाने की फुरसत नहीं है आज। वह बार-बार बसन्ती को देखने अन्दर जाना चाहती है लेकिन कैसे जाये। बसन्ती को बुख़ार आ रहा था चार दिन से लेकिन उसने किसी को बताया नहीं। इसी बात पर रामी से महाभारत मचा था रात में और आज सुबह भी। बड़ी मुश्किल से बसन्ती को लड़-झगड़कर लिटा दिया था बिस्तर पर रामी ने।

आज पहली बार सूबेदार के सामने रामी गिड़गिड़ाई थी।

"हे निर्दय मानस, देख कपाल जल रहा है उसका, दवा तो ला। बचेगी नहीं वो।"

सूबेदार निर्विकार भाव से उसे देखता निकल गया। कड़वे तेल में पानी मिलाकर छोंपा था उसने बसन्ती के हाथ-पैर और सिर में। कितने घने बाल है बसन्ती के, कितनी सुन्दर, कितनी कोमल है। "हे देवी भगवती, सब कुछ करना लड़की मत बनाना, ग़रीब की तो बिल्कुल नहीं।" बसन्ती अचेत थी।

"हे रामी भौजी। लैमनचूस दे दो, नारंगी रंग वाली" बाहर सुरतू खड़ा था।

"जा जल्दी अपनी माँ को बुला ला।" उसने उसको लैमनचूस पकड़ाते हुए कहा।

“पैसे?”

“नहीं चाहिए...जा, जल्दी बुला ला कुन्ती दीदी को।” रामी बदहवास थी। उसने दुकान बन्द कर दी। भाड़ में जाये सब कुछ।

“दीदा ए दीदा।”

बसन्ती ने धीरे-से आँख खोली। सदा से सौत जी कहने वाली रामी ने पहली बार ‘दीदा’ कहा था बसन्ती को।

“दीदा तू जायेगी तो मुझे भी ले जाना, आख़िर तूने ही मुझे इस भाड़ में झोंका है—ज़िन्दगी भर ख़ुद भी भुनी और मुझे भी—” रामी ज़ार-ज़ार रो पड़ी।

और बसन्ती। वह तो जंगल में चीड़, देवदारु के पेड़ों से झाँकती, फूलदार फ्राक पहने, टेढ़े-मेढ़े रास्तों पर भागती-दौड़ती खिलखिला रही थी। कभी चीड़ की सूखी चिकनी पत्तियों पर फिसलती तो कभी छौंतौं (चीड़ का फल) को ज़ोर से हिलाकर, कान से सटा उसकी आवाज़ सुनती।

“दीदा”—रामी की घबराहट अब सब सीमाएँ तोड़ चुकी थी। “दीदा ए, दीदा, आँखें खोल दीदा।”

बसन्ती ने फ्राक में ढेर सारे बुरांश के फूल इकट्ठे किये हैं। लाल सुर्ख फूल, रामी के गालों की तरह।

“ले रामी तू ले ले सब फूल बुरांश के...”

पर ये क्या? ये तो अंगारे हैं, अंगारे। लाल-लाल, जलते-जलते। क्या करे बसन्ती, जल जायेगी रामी।

“बचाओ रे बचाओ रामी को...हे देवी भगवती!”

बसन्ती की आँखों से आँसू टपक पड़े। “मुझे पता नहीं चला भुल्ली (छोटी बहन) कि सूबेदार इतनी छोटी बच्ची को ब्याह कर लायेगा। मैं नहीं जानती थी कुछ भी। मुझे माफ़ कर दे...क्षमा”

पता नहीं रामी सुन पायी कि नहीं। और बसन्ती चिड़िया बन कर उड़ गयी थी। रामी दहाड़ें मार कर रो पड़ी। बीच-बीच में सूबेदार को गालियाँ देती जाती। धीरे-धीरे सब शान्त हो गया था।

और अब पहले सोलह सत्रह का जिक्र है थान गाँव में सुबह होती है घुघुती की घुर-घुर के साथ, ओखल्यारे की धम्म-धम्म भी सुनाई देती है। पर नहीं सुनाई देता तो रामी का चिल्लाना।

सूरज आज भी सहमा-सहमा ही उगता है। सुना है सूबेदार फिर नयी ब्योली (दुल्हन) लेने गया है!

अच्छा चलता हूँ

सिगरेट के आख़िरी कश का धुआँ छोड़ते हुए मिस्टर नेगी ने काँसे के बने पुराने से ऐश-ट्रे का ढक्कन खोलकर उसमें सिगरेट डाल दी और अनमने ढंग से खड़े हो गये।

"अरे अंकल बैठिए न, थोड़ी देर और रुक जाइए। मैं एक कप कॉफ़ी बनाकर लाती हूँ—गरमागरम।" अंकल के चेहरे पर आये तनाव को कम करने के लिए रागिनी ने भरपूर उत्साह से अंकल की ओर देखा।

"नहीं बेटा, शाम ज़्यादा हो जाने पर पहाड़ों के टेढ़े-मेढ़े रास्ते मेरे लिए परेशानी का सबब बन जाते हैं अब।" अंकल ने तटस्थ भाव से रागिनी की ओर देखा।

"ठीक है जैसी आपकी मर्ज़ी। पर कल आयेंगे न आप?" रागिनी ने शॉल से अपने कन्धे लपेट लिए और बालों का कस कर जूड़ा बना लिया।

"हूँ" मिस्टर नेगी धीरे-धीरे लॉन पार कर रहे थे। थोड़ा आगे बढ़कर मिस्टर नेगी ठिठक गये। "मैं हमेशा यहाँ पर आकर कन्फ्यूज़ हो जाता हूँ बेटा कि किस तरफ़ से जाऊँ।" उनकी आँखों में अजीब-सी विवशता झलक रही थी। रागिनी खिलखिला कर हँस दी। "ओफ्फो अंकल, जिस रास्ते से जाते हैं उसी रास्ते से जाइए, और क्या?"

दरअसल रागिनी का घर पहाड़ पर काफ़ी ऊँचाई पर बने होने के कारण मुख्य गेट से सड़क तक पहुँचने के लिए एक धूल भरा रास्ता पार करना पड़ता था जबकि सुविधा के लिए लॉन पार करते ही पत्थर का सीढ़ीनुमा रास्ता बना दिया गया था, जिससे सीधे सड़क तक पहुँचा जा सकता था। अकसर यही रास्ता ज़्यादा उपयोग में भी आता। छोटा जो था।

रागिनी मिस्टर नेगी की विवशता समझ रही थी। उन सीढ़ियों पर खट-खट चढ़ते अंकल सदा रागिनी को चुनौती देते थे।

"देखो बेटा, तुम जल्दी चढ़ोगी या मैं।" ऊपर पहुँचकर मिस्टर नेगी रागिनी को चिढ़ाते। "तुम मुझसे कभी नहीं जीत सकती। हा हा हा हा–" वे हँसते हुए उसे गोद में उठा लेते।

"पप्पा अंकल गन्दे हैं।" रागिनी गोद से उतरने की जिद करती। "बेमानी करते हैं। लम्बे-लम्बे पैरों से चढ़ते हैं दो-दो सीढ़ी एक बार में और मेरे पैर तो देखो।" नन्ही रागिनी अपने छोटे-छोटे पैरों को गुस्से से देखती–"जिस दिन मेरे पैर भी आपके जैसे हो जायेंगे मैं सब सीढ़ी एक साथ चढ़ जाँऊगी।"

पप्पा यानी मिस्टर टिबरसन और मिस्टर नेगी हँस पड़ते और मिस्टर नेगी हमेशा की तरह चॉकलेट रागिनी को थमा देते। रागिनी चॉकलेट लहराते हुए अपनी हार की ख़ुशी को मना रही होती तो मिस्टर टिबरसन ज़ोर से कहते–"बेटा रागिनी जिस दिन जीतोगी उस दिन अंकल को तुम्हें चॉकलेट का बड़ा डिब्बा देना होगा।"

लेकिन रागिनी ये सुने तब तो। वो तो मिसेज़ टिबरसन की गोद में बैठ चुकी होती।

रागिनी ने देखा मिस्टर नेगी धीरे-धीरे दो सीढ़ी उतर चुके थे। पहाड़ों के पीछे छिपते सूरज की सीधी ठण्डी किरणें मिस्टर नेगी के साँवले चेहरे पर पड़ रही थीं। उम्र को दरकिनार करता उनका सख़्त चेहरा थोड़ा-थोड़ा मुलायम दिख रहा था। उनका चेहरा देख मिसेज़ टिबरसन हमेशा मिसेज़ नेगी से मज़ाक़ करती थीं–"शोभा तुम्हारे हसबैंड तो भगवान के घर से ही अफ़सर वाला चेहरा लेकर आये हैं।" शोभा मिसेज़ टिबरसन के इस परिहास से झेंप जातीं। कनखियों से मिस्टर नेगी को देख उनका गोरा चेहरा लाल हो उठता और घनी पलकें और घनी हो जातीं। इस अनुशासनप्रिय अफ़सर की ख्याति उनके कहीं भी पहुँचने से पहले ही पहुँच जाया करती थी। दरअसल इसके पीछे उनके चेहरे का ही हाथ था।

रागिनी ने आगे बढ़कर मिस्टर नेगी का हाथ थाम लिया–"ये सालों पुराने पत्थर घिस गये हैं इन्हें बदलना चाहिए अब।" मिस्टर नेगी ने ठण्डी निगाहों से रागिनी को देखा। रागिनी सकपका गयी। ख़ुदा बाप! क्या कह गयी मैं। मिस्टर नेगी की निगाहों के ठण्डेपन से सिहर उठी रागिनी। उसने बात बदलते हुए कहा–"पिछली बार जल्दी-जल्दी उतरने के चक्कर में मैं गिर गयी थी अंकल।"

मिस्टर नेगी मुस्कुरा दिये, फीकी-फीकी मुस्कान के साथ।

"बदल दो ये पत्थर, इन्हें हटाना ही चाहिए"—उन्होंने शब्दों पर ज़ोर देते हुए कहा।

"दूसरी बार जब आप आयेंगे तो यहाँ नयी ख़ूबसूरत सीढ़ियाँ देखेंगे आप, मैं इसके दोनों तरफ़ गुलाब भी लगाऊँगी।"

"गुलाब बहुत हैं तुम्हारे यहाँ, हर रंग के। सीढ़ियों पर मत लगाना इन्हें, काँटे होते हैं, यहाँ तुम सिर्फ़ लकड़ी का सपोर्ट लगाओ, चाहो तो कोई क्रीपर चढ़ा देना उस पर।" मिस्टर नेगी ने कहा।

"हाँ, ये ठीक रहेगा अंकल।" रागिनी ने सहमति जताई।

अब तक अंकल सभी सीढ़ियाँ उतर चुके थे। रागिनी उनके पीछे-पीछे सड़क पर आ गयी। यहाँ से मिस्टर नेगी का चीड़ के पेड़ों से घिरा हरी टीन वाला बँगला दिखाई देता है। ज़्यादा दूर नहीं है लेकिन सड़क के घुमावदार होने के कारण दस मिनट लग जाते हैं वहाँ पहुँचने में। सीढ़ियों से उतर जाओ तो मुश्किल से दो मिनट।

"अंकल, नीचे तक चलूँ आपके साथ मैं। आण्टी से भी मिल लूँगी।" रागिनी मिस्टर नेगी को यह भनक भी नहीं लगने देना चाहती थी कि वह उनको घर तक छोड़ने जाना चाहती है।

"नहीं, नहीं, तुम घर जाओ अब, सूरज छिप गया है, दो ही मिनट में अँधेरा भी हो जायेगा।" और अंकल फिर सीढ़ियाँ उतरने लगे।

"बाय अंकल, गुड नाइट"—और सचमुच अँधेरा घिरने लगा। अजीब बात है इस पहाड़ी कस्बे की। दो मिनट पहले तक चमचमाता सूरज और अब स्याह अँधेरा। रागिनी मिस्टर नेगी को देख रही थी छिपकर। अब अंकल नहीं दिख रहे। हाँ गेट की खड़खड़ ज़रूर सुनी उसने। निश्चिन्त हो गयी रागिनी। मिस्टर नेगी घर पहुँच गये थे। सुस्त क़दमों से रागिनी ने घर की राह ली।

रागिनी को याद है कि पप्पा-मम्मा की मैरिज एनिवर्सरी हमेशा मिस्टर और मिसेज़ नेगी अपने घर में मनाया करते थे। दो-चार दोस्तों के अलावा मिस्टर नेगी के बच्चे राजू, निक्की और निम्मो और रागिनी ख़ूब धमाल मचाते थे। सब आधी रात तक नाचते गाते पहाड़ों को हिलाकर रख देते थे। जून की कुनकुनी रात और राजू का गिटार, मम्मा पप्पा का डांस और मिस्टर नेगी और मिसेज़ नेगी की मेज़बानी महीनों तक सबको याद रहती इस वादे के साथ कि दूसरे साल फिर से होगा ये सब।

तब रागिनी ये कहाँ समझती थी कि समय बदला भी करता है।

राजू गिटार बजाते-बजाते विदेश में बस जायेगा और वहीं ब्याह रचा लेगा। सबसे बड़ा था राजू, मिस्टर नेगी की आँखों का तारा। मेहनती और प्रतिभावान। मिस्टर नेगी की अनुशासनप्रियता और सख्त चेहरे ने कभी यह नहीं जताने दिया उन्हें कि वे राजू को कितना चाहते हैं और राजू, वह तो कभी समझ ही नहीं पाया कि मिस्टर नेगी आख़िर उससे चाहते क्या हैं?

हाईस्कूल का रिज़ल्ट आया। सबकी नज़र राजू के रिज़ल्ट पर थी पर ये क्या है? राजू का नाम ही नहीं है लिस्ट में। बस फिर क्या था। मिस्टर नेगी ने राजू की अच्छी-खासी मरम्मत कर दी। मिस्टर और मिसेज़ टिबरसन केक का बड़ा-सा डिब्बा थामे और नन्हीं रागिनी चॉकलेट लेकर पहुँचे तो घर में घनघोर शान्ति। बीच-बीच में निक्की और निम्मो की सिसकियाँ।

"निक्की दी क्या हुआ?" रागिनी हैरान थी।

"भैया फेल हो गये। लिस्ट में उनका नाम नहीं है। पापा ने पीटा है भैया को।" निक्की और निम्मो मिस्टर टिबरसन से सटकर खड़े हो गये।

"क्या"...रागिनी के हाथों से चॉकलेट का पैकेट गिर गया।

मिस्टर टिबरसन बोल पड़े। "किसने कहा? अरे राजू, कहाँ हो बेटा। तुम तो प्रदेश में फर्स्ट आये हो भई। अभी-अभी रेडियो में प्रादेशिक न्यूज़ में सुना मैंने, अरे नेगी बाहर आओ..."

राजू की आँखें लाल थीं। वह बेहद अपमानित महसूस कर रहा था। अँधेरे में चुपचाप बैठे राजू को मिसेज़ टिबरसन ने बाहर निकाला। मिस्टर और मिसेज़ नेगी बाहर आये—"हद करते हो भई नेगी। लड़का टॉप कर रहा है और तुम हो कि..." मिस्टर टिबरसन सचमुच बेहद नाराज़ हुए। मिसेज़ टिबरसन ने कहा। "शोभा आज तो भाई साहब ही चाय बनाकर पिलायेंगे। इनका पनिशमैण्ट है यह।"

"चलो राजू हम और तुम चलकर स्कूल में रिज़ल्ट देखकर आते हैं।" राजू और मिस्टर टिबरसन गेट तक भी नहीं पहुँचे थे कि लोगों की भीड़ ने राजू को कन्धे पर बैठा लिया—"साहब, पार्टी चाहिए आज तो।"

सारे लोग केक खा रहे थे। पकौड़ियाँ, हलुआ और चाय भी चल रही थी लेकिन राजू किसी को नहीं दिखा। रागिनी हाथ में चॉकलेट लिए उसे ढूँढ़ते हुए पहुँची उसकी मनपसन्द जगह पर। घर में ऊपर बने पहाड़ की गुफ़ानुमा जगह जहाँ वह गिटार बजा रहा था।

"भैया लीजिए चॉकलेट," रागिनी ने उसके गले में हाथ डाल दिया।

"थैंक्यू," राजू ने उदासी भरी नज़रों से देखा और चॉकलेट मुँह में डाल ली।

"भैया आप तो हीरो बन गये। पता है अंकल आपकी कितनी तारीफ़ कर रहे हैं? पर पप्पा ने उनकी क्लास ले डाली सबके बीच। बेचारे अंकल सॉरी कह रहे थे।" राजू ने रागिनी की बात सुनी और फिर से गिटार बजाने लगा।

"आप बहुत अच्छा गिटार बजाते हैं भैया।"

"सच?"

"जी हाँ भैया। पप्पा मम्मा भी कहते हैं। वे तो कहते हैं कि आपको तो म्यूज़ीशियन होना चाहिए।"

राजू की आँखों के आँसू आज भी याद हैं रागिनी को। कुछ दिनों में मिस्टर नेगी राजू के लिए मोटर साइकिल ख़रीद कर लाये, मगर राजू ने उसे हाथ भी नहीं लगाया। मिस्टर नेगी बहुत दुःखी थे अपने किये पर। वह बिना जताये राजू की हर ख़्वाहिश पूरी कर रहे थे लेकिन राजू था कि उनकी लायी किसी चीज़ को छूता ही नहीं था। मिस्टर और मिसेज़ टिबरसन ने बहुत समझाया दोनों को लेकिन...।

निक्की डॉक्टर बन गयी और अपने पति के साथ बम्बई चली गयी। निम्मो ने पढ़ाई पूरी करते-करते दक्षिण भारतीय लड़के से ब्याह कर लिया। मिस्टर नेगी ने कुछ कहा नहीं लेकिन वे इसे स्वीकार भी नहीं कर पाये। उनके चेहरे की सख़्ती और बढ़ गयी। उन्होंने अपने आपको ढेरों काम में लगा लिया। अकसर वे टूर पर रहा करते।

राजू एम.बी.ए. कर विदेश चला गया। वहीं से कभी-कभी रागिनी को फ़ोन कर दिया करता था। हफ़्ते में एकाध बार माँ को भी फ़ोन करना न भूलता। कभी-कभी उसके लम्बे पत्र भी मिला करते थे मिसेज़ नेगी को। मिस्टर नेगी उन पत्रों को कई-कई दफा पढ़ जाया करते थे और उस लाइन को शायद छूकर, चूमकर, शब्द-शब्द को ज़ोर-ज़ोर से पढ़कर जिनमें लिखा होता था पापा कैसे हैं, उन्हें ज़्यादा काम करने को मना कीजिए। वैसे तो वे किसी की सुनेंगे नहीं। फिर भी...। पासपोर्ट बना या नहीं। पापा को यहाँ आने के लिए राज़ी करो माँ।

उस दिन मिस्टर नेगी का सख़्त चेहरा खिला-खिला रहता। वे अपने लॉन के फूलों में पानी देते या फिर लॉन में लगी आरामकुर्सी पर बैठे

इत्मीनान से सिगरेट पीते दिखते। मिस्टर टिबरसन ने बहुत समझाया था उन्हें कि कुछ दिनों के लिए ही सही, चले जाओ बेटे के पास पर मिस्टर नेगी पता नहीं क्यों बहुत ख़ामोश हो जाते इस बात पर।

रागिऩी कॉलेज में प्रोफ़ेसर हो गयी थी गणित की। मिस्टर नेगी ने उस दिन उसे एक साथ दो चॉकलेट दी थीं और पहली बार कहा था—"जानती हो बेटा, मैंने निम्मो के लिए भी यही सोचा था। चाहता था कि पीएच.डी. कर ले निम्मो..." हठात् उनका गला भर आया। पहली बार मिस्टर नेगी को भावुक होते देखा। वे तेज़ी से उठ खड़े हुए और बोले, "चलता हूँ।"

अचानक एक सड़क हादसे में मिस्टर और मिसेज़ टिबरसन चल बसे। मिस्टर टिबरसन ने जाते-जाते रागिनी का हाथ मिसेज़ नेगी को थमा दिया और आँखें बन्द कर लीं। रागिनी बदहवास थी। निक्की, निम्मो और राजू भागे-भागे आये थे। पूरे महीने भर रहकर गयी निक्की और निम्मो। निम्मो तो रागिनी के पास ही रुकी थी। मिस्टर नेगी निम्मो से ख़ास बात नहीं करते थे। उसका पति भी रागिनी के घर दो दिन रुककर चला गया था। शायद इसी बात पर बहस हुई थी राजू और मिस्टर नेगी के बीच। और राजू यह सूचना देकर चला गया कि उसने अमेरिका में किसी को पसन्द कर लिया है और जल्दी ही विवाह करने वाला है। मिस्टर और मिसेज़ टिबरसन का जाना मिस्टर नेगी को खोखला बना गया था। और अब राजू...।

राजू की इस सूचना ने मिस्टर नेगी को अचानक बेहद अकेला कर दिया। सिगरेट तो वे पीते ही थे अब चेन स्मोकर हो गये। शादी के दिन राजू ने रागिनी को फ़ोन किया था और शादी के फ़ोटो भेजने का वादा किया था। रागिनी ने यह बात मिसेज़ नेगी से कही थी। मिसेज़ नेगी ने निगाहें नीची कर लीं। उनकी आँखों से आँसू गिर रहे थे। वे रो रही थीं चुपचाप। फिर अन्दर जाकर मिठाई ले आयीं, उसे दी और एक ख़ुद खा लीं। रागिनी उन्हें अपनी कार से मन्दिर भी ले गयी थी उस दिन, किंकालेश्वर महादेव। कुछ दिनों बाद राजू का लिफ़ाफ़ा मिला। जिसमें शादी के फ़ोटोज़ की दो-दो प्रति रखी थी। रागिनी मिसेज़ नेगी को दे आयी थी फ़ोटोज़।

अंकल रिटायर हो गये। निम्मो ने बहुत मिन्नत की कि वे अब बम्बई आकर उनके पास रहें। यदि नहीं रहना चाहें तो कम से कम एक

बार वहाँ जाकर देखें तो कि बच्चे नाना-नानी को कितना मिस करते हैं लेकिन मिस्टर नेगी ने मिसेज़ नेगी को भेज दिया रागिनी के साथ, वे नहीं गये। लौटने पर मिसेज़ नेगी ने उन्हें वहाँ की हर एक बात सुनाई। वे रागिनी से भी सब बातें सुनते रहे। मन ही मन ख़ुश होते रहे पर बाहर सख़्त ही बने रहे।

जबसे रागिनी के पप्पा मम्मा गये हैं, तब से मिस्टर, मिसेज़ नेगी रोज़ शाम को रागिनी के घर आते हैं नियम से। कुछ महीनों से मिसेज़ नेगी कम ही आती हैं, घुटने में दर्द है उन्हें। रागिनी ही उनसे मिल लेती है कॉलेज आत-जाते समय।

आज मिस्टर नेगी शायद काफ़ी पहले आ गये थे रागिनी के घर। रागिनी घर पर नहीं थीं। जूली ने उन्हें कॉफ़ी बनाकर दी थी। वे खुबानी के पेड़ के नीचे बाँस की बनी कुर्सी पर बैठे थे। मिस्टर टिबरसन की फेवरेट जगह थी यह। रागिनी उन्हें देखकर चौंक गयी। इस समय तो नहीं आते अंकल।

"हाय अंकल"—रागिनी ने कार से उतरते ही हाथ हिलाया।

मिस्टर नेगी मुस्कुरा दिये। आज उनके चेहरे की सख़्ती कहीं चली गयी थी। रागिनी सहम गयी। आज अंकल बिल्कुल बदले-बदले लग रहे थे।

"कैसे हैं आप?" उसने पास में ही पत्थर की बाउण्ड्री पर बैठते हुए कहा।

"ठीक हूँ। तुमने तो इन पत्थरों पर कितने सुन्दर गुलाब खिला दिये हैं।"

"हाँ, आपसे ही तो सीखा है सब।"—रागिनी ख़ुश हो गयी।

"मुझसे तो सब नाराज़ ही रहते हैं, घर हो या ऑफ़िस सभी जगह 'हार्श मैन' कहते हैं मुझे सब।"

"हार्श नहीं हार्डमैन अंकल। अच्छा बताइए कुछ बनाऊँ... सैण्डविच?"

"नहीं, खाऊँगा नहीं कुछ। कॉफ़ी दे दी है जूली ने। तुम भी मँगवा लो अपने लिए।"

"जी अंकल मैं अभी आयी"—रागिनी समझ नहीं पा रही थी कि आज अंकल इतने बदले हुए क्यों हैं। कुछ-कुछ कातर, बेबस से। उसे याद तो नहीं कि वे ऐसे थे पहले कभी। रागिनी पूछेगी क्या बात है। वह डरेगी नहीं, रोकेगी नहीं ख़ुद को। वह हाथ में कॉफ़ी लेकर बाहर आयी।

“बैठो।” मिस्टर नेगी जैसे उसका ही इन्तज़ार कर रहे थे।

“इधर कोई फ़ोन वोन आया था?” एकबारगी तो रागिनी सहम गयी उनके इस सवाल पर। मिस्टर नेगी की निस्तेज आँखें लाल थीं, सुर्ख लाल और चेहरा बेहद दीन ।

“नहीं अंकल।” रागिनी ने ठहर कर कहा। “फ़ोन लगाऊँ क्या?” रागिनी ने धीरे-से पूछा।

अंकल चौंक गये—“नहीं मुझे ज़रूरत नहीं है किसी के अहसान की।” अंकल का भीगा स्वर बुरी तरह काँप रहा था।

रागिनी सिर झुकाये बैठी थी।

“बाप, बच्चे के लिए घोड़ा बनता है। न जाने क्या-क्या करता है, लेकिन औलाद...”

ये क्या हो गया है मिस्टर नेगी को? आँखों से मोटी-मोटी बूँदें उनकी ठोड़ी पर अटक-अटक कर गिर रही थीं।

“अंकल आपको कितना बुलाया था उसने। आपने ही उसकी प्रार्थना अस्वीकार की है। उसकी गलती नहीं है।” रागिनी ने तेज़ स्वर में बहस की। शायद पहली बार वह मिस्टर नेगी से इस तरह से बात कर रही थी।

“तुम भी ऐसा ही सोचती हो रागिनी, तुम भी...” मिस्टर नेगी की आवाज़ किसी गहरे कुएँ से आ रही थी जैसे—“कभी उसने मुझे कुछ समझा है? कभी उसने मुझसे, सिर्फ़ मुझसे कहा है कि पापा चलिए?” मिस्टर नेगी एकाएक ख़ामोश हो गये।

“आपसे नहीं कहा क्योंकि उसकी हिम्मत नहीं होती है आपसे कुछ कहने सुनने की। अंकल मानिए कि जितना आप उसे चाहते हैं उतना ही वह भी आपको प्यार करता है।”

“झूठ मत बोलो रागिनी, बाप हूँ मैं उसका।” मिस्टर नेगी का चेहरा सख्त हो चुका था। अब वे पहले जैसे हो गये थे।

“अच्छा चलता हूँ।” कहकर मिस्टर नेगी उठ खड़े हुए।

रागिनी भी खड़ी हो गयी। मिस्टर नेगी ने आज पूछा नहीं कि वे किधर से जायें और वे सीढ़ी उतरने लगे। पहली सीढ़ी उतरते ही वे बुरी तरह काँपने लगे। रागिनी ने उनको पीछे से सँभालने की कोशिश की। लेकिन मिस्टर नेगी ज़ोर-ज़ोर से खाँसने लगे। रागिनी ने दो सीढ़ी लाँघकर आगे से उनको थाम लिया।

नीचे उतरकर हाँफते हुए मिस्टर नेगी ने कहा, “आज तुम पहली

बार इन सीढ़ियों पर मुझसे पहले उतरी हो। लाओ दो मुझे चॉकलेट का डिब्बा।''

दोनों हँस पड़े। आज रागिनी उन्हें घर तक पहुँचाने गयी। दूसरे दिन चॉकलेट का बड़ा डिब्बा ख़रीदकर कॉलेज से लौटते समय रागिनी उनके घर पहुँची। मिस्टर नेगी बिस्तर पर पड़े थे और मिसेज़ नेगी उन्हें दवा दे रही थी।

''क्या हुआ?'' रागिनी ने उनसे पूछा। ''इनकी तबीयत कल से बिल्कुल ठीक नहीं है बेटा। रात भर खाँसते रहे लेकिन दवा नहीं ली इन्होंने। आज डॉक्टर से भी नहीं मिले। देखो बुख़ार भी है शायद''—लगा जैसे मिसेज़ नेगी अब रोयीं या तब रोयीं।

''अरे रागिनी डिब्बा छिपाओ मत इधर दो। ये तो तुम्हारी जीत की ख़ुशी में है। छोड़ो भाई तबीयत की बात, कॉफ़ी पिलवाओ।''

रागिनी ने डिब्बा मिस्टर नेगी के काँपते हाथों में पकड़ा दिया। इस तरह पहली बार अंकल को काँपते देखा है रागिनी ने। थोड़ी देर बैठने के बाद रागिनी उठ गयी। आण्टी बाहर तक छोड़ने आयीं। ''ये सीरियस हैं रागिनी। मुझे पता है इन्हें कोई न कोई बीमारी है जिसे वे मुझसे छिपा रहे हैं। इसीलिए डॉक्टर को नहीं दिखाते।'' आण्टी रो पड़ीं।

''ऐसा मत कहिये आण्टी। कल मैं डॉक्टर कपूर को दिखाने ले चलूँगी।''

''ये नहीं जायेंगे। उनका तो ख़ुद फ़ोन आया था।'' फिर थोड़ा रुककर बोलीं ''राजू को फ़ोन करोगी?''

''हाँ, हाँ क्यों नहीं—आज ही कर दूँगी। वैसे भी मैं सोच ही रही थी।'' रागिनी ने कहा।

''ये देखो इनके तकिये के नीचे से क्या मिला?'' उन्होंने राजू की शादी की फ़ोटो दिखाई।

''मैं चलती हूँ।'' कहकर रागिनी तेज़ी से कार में बैठ गयी। उसका रोना नहीं रुक रहा था। घर पहुँचते ही राजू का नम्बर निकाल कर उसे फ़ोन लगाया। लम्बी-लम्बी रिंग के बाद फ़ोन कट गया। रागिनी ने निक्की को फ़ोन कर बताया कि मिस्टर नेगी की तबीयत ठीक नहीं है। वह आश्चर्य में थी कि वह तो लगातार फ़ोन करती है उन्हें पर पापा हमेशा कहते हैं कि वे ठीक हैं और आज भी उन्होंने ऐसा ही कहा।

''नहीं निक्की, तुम निम्मो को भी बता दो कि अंकल की तबीयत

ठीक नहीं है, हो सके तो आ जाओ दो एक दिन के लिए।'' रागिनी ने फिर राजू का फ़ोन ट्राई किया। पर वहाँ से कोई उत्तर नहीं था।

''हे ख़ुदा बाप, आण्टी को क्या जवाब देगी रागिनी? कैसे सामना करेगी वो मिस्टर नेगी का?'' रागिनी की आँखों में नींद नहीं थी। वह बाहर आकर खुबानी के पेड़ के नीचे बैठ गयी। रात को पहाड़ों पर दूर-दूर जलती रोशनी तारों जैसी टिमटिमा रही थी। कहाँ पहाड़ ख़त्म होते हैं और कहाँ आसमान शुरू आभास ही नहीं हो रहा था। चीड़ की पत्तियाँ हवा में सरसरा रही थीं। आकाश में टँका हुआ चाँद रागिनी को मिस्टर नेगी का चेहरा लग रहा था। ठण्डा-ठण्डा और उदास। तभी फ़ोन की घण्टी बजी–

''मे आई नो, हू इज़ स्पीकिंग?''

''राजू???''

''रागिनी, क्या बात है रागिनी,'' राजू का लहजा एकदम वही था।

''राजू अंकल की तबीयत ठीक नहीं है–ही इज़ सीरियस।'' रागिनी रो पड़ी।''

''क्या हुआ?''–राजू एकदम परेशान हो उठा।

''मैं नहीं जानती पर वे बेतरह तुम्हें याद कर रहे हैं। तुम फ़ौरन आ जाओ। मैंने निम्मो और निक्की को भी बुला लिया है।''

''ठीक है रागिनी मैं कल शाम या रात तक किसी भी हालत में पहुँच जाऊँगा। तुम डॉक्टर कपूर को लेकर सुबह घर पहुँचो। वैसे मैंने तीन दिन पहले ही डॉ. कपूर से बात की थी। उन्होंने माँ का चेकअप किया था पर पापा ने उन्हें मना कर दिया यह कहकर कि वे ठीक हैं। मैं क्या करूँ रागिनी?'' राजू रुआँसा हो उठा।

''तुम चिन्ता मत करो, मैं हूँ यहाँ पर। तुम रात की ही कोई फ्लाइट ले लो।''

''ठीक है, पर तुम पापा का ध्यान रखना रागू।'' राजू ने कितने साल बाद उसे रागू कहा था। करवट बदलती रही रागिनी। कब सुबह हो और वह बताये दोनों को कि उसकी बात हो गयी है राजू से और वह आ भी रहा है। सुबह होते ही रागिनी मिस्टर नेगी के घर पहुँच गयी। आण्टी लॉन में बैठी थी उदास, गुमसुम।

''आण्टी।''

उन्होंने निगाहें ऊपर कीं और बेहद हताश नज़रों से उसे देखा।

"अंकल कैसे हैं?"

"रात भर खाँसते रहे बाथरूम में। अभी जाकर आँख लगी है। सारी रात राजू-राजू करते रहे। शायद ही निम्मो, निक्की का नाम लिया हो।" आण्टी रो रही थीं।

"निम्मो, निक्की से तो हर साल-छह महीने में मिल लेते हैं अंकल, पर राजू...? फ़िक्र मत कीजिए, आण्टी सब ठीक होगा।" "रागिनी ने उन्हें दिलासा देते हुए कहा, मेरी बात हो गयी है राजू से और निम्मो, निक्की से भी। सब आ रहे हैं।"

"क्या राजू भी?" मिसेज़ नेगी ने सिर झुकाये झुकाये हुए ही पूछा।

"हाँ वो आज रात तक पहुँच जायेगा।"

आण्टी थोड़ा-सा काँप गयी।

"चलिए, आप अन्दर चलकर आराम करिए। मैं बैठती हूँ अंकल के पास।"

आण्टी बिना प्रतिवाद किये अन्दर चली गयीं। रागिनी ने डॉक्टर कपूर को फ़ोन करने के लिए फ़ोन उठाया ही था कि देखा सामने से वे ख़ुद चले आ रहे थे।

"अरे मैं आपको फ़ोन करने ही वाली थी।"

"हाँ राजू का सुबह-सुबह फ़ोन आया था। उन्होंने कहा कि मैं मिस्टर नेगी का चेकअप ज़रूर कर लूँ। ज़रूरत होने पर वह उन्हें अपने साथ ले जायेगा।"

"ये तो अच्छी बात है, चलिए।" रागिनी उन्हें लेकर अन्दर चली गयी। मिस्टर नेगी बाथरूम में खाँस रहे थे और मिसेज़ नेगी बाथरूम से सटकर खड़ी थीं।

"कब उठे।"

"अभी अभी।"

मिस्टर नेगी बाहर निकले। उनका पूरा शरीर काँप रहा था और वे दीवार पकड़कर चल रहे थे। उनका चेहरा लटक गया था। रागिनी ने आगे बढ़कर सहारा देना चाहा लेकिन मिस्टर नेगी ने सहारा लेने से मना कर दिया और हाँफते हुए बोले—"आई कैन मैनेज एवरीथिंग विदाउट हेल्प।" वे बिस्तर पर गिर गये। डॉ. कपूर ने अस्पताल से गाड़ी बुलवाई और उनकी ना-नुकुर के बावजूद भी उनको ले गये। रागिनी को वे मिसेज़ नेगी की देख-रेख के लिए छोड़ गये।

दोपहर तक निम्मो और निक्की भी आ गये अपने-अपने पति और बच्चों के साथ। रागिनी उन्हें लेकर अस्पताल पहुँची। अंकल को हार्ट अटैक हुआ था। इस छोटे से पहाड़ी अस्पताल में खलबली मची थी। शहर का सबसे बड़ा अफ़सर मृत्यु से संघर्ष कर रहा था। अस्पताल में लोगों की भीड़ जमा थी पर मिस्टर नेगी बीच-बीच में आँख खोलकर कुछ ढूँढ़ रहे थे और बुदबुदा रहे थे सिर्फ़ दो शब्द। निम्मो बराबर डॉक्टर से ज़िद कर रही थी कि वह उन्हें अपने साथ बम्बई ले जायेगी इसी वक़्त, वहाँ सब सुविधाएँ हैं पर डॉक्टर कपूर का कहना था कि वह तो ख़ुद भी डॉक्टर हैं और मिस्टर नेगी की रिपोर्ट देख सकती हैं। उनके पास समय बहुत कम है। हाँ यदि वह चाहें तो मिसेज़ नेगी को भी यहीं बुला लें। वे बेहोश थे। अचानक वे ज़ोर से चिल्ला उठे—"राजू, कहाँ हो बेटा।"

निम्मो की निगाहें रागिनी से टकरायीं। दोनों की आँखें भरी हुई थीं। रागिनी ने धीरे-से मिस्टर नेगी के सिर पर हाथ रखा—"अंकल वह पहुँचने ही वाला है, थोड़ी देर पहले ही मेरी बात हुई है उससे। आप परेशान मत होइए।"

अंकल ने रागिनी की ओर देखा, यानी उसकी बात पर इत्मीनान करना चाहते हों। शाम ढल चुकी थी। मिसेज़ नेगी दूर खिड़की पर बैठी लगातार मिस्टर नेगी को देख रही थीं। मिस्टर नेगी ने आँखें खोलकर सबको देखा। उन्होंने इशारे से मिसेज़ नेगी को पास बुलाया। मिसेज़ नेगी चुपचाप रो रही थीं। ईश्वर को कभी न मानने वाले मिस्टर नेगी ने उँगली से ऊपर की ओर संकेत किया और काँपते हाथों से उनका हाथ पकड़ लिया। तभी बदहवास राजू धड़धड़ाते हुए कमरे में घुसा।

"पापा, पापा।"

बस दोनों की निगाहें आपस में टकरायीं—"आई एम सॉरी पापा, आई एम सॉरी पापा, आई लव यू!" कहकर राजू मिस्टर नेगी के करीब पहुँचा। मिस्टर नेगी का चेहरा धीरे-धीरे मुलायम होता जा रहा था। वे फिर बदलने लगे थे। उनकी आँखों से बादल झर रहा था। रागिनी सिहर उठी। डॉक्टर और निम्मो बिल्कुल पास आ गये उनके। अचानक मिस्टर नेगी ने आँखें बन्द कर लीं। डॉक्टर उनका सीना दबा रहे थे। मिस्टर नेगी ने आँखें खोलीं, सबको देखा। धीरे-धीरे उनका चेहरा सख़्त होने लगा और उन्होंने मिसेज़ नेगी का हाथ धीरे-से रागिनी के हाथों में रख दिया, जिसे सब देख रहे थे।

माँ मर गयी

"हैलो" रिसीवर कान में लगाया शुक्ला ने।

"तुम्हारी, माँ मर गयी शुक्ला।"

"माँ, मर गयी?"

"हाँ भई, तुम्हारी माँ मर गयी।" उधर से फिर आवाज़ सुनाई दी फ़ोन पर।

"रात में अच्छी-भली गयी थी सोने। रोटी सब्ज़ी खायी। सब्ज़ी तुम्हारी भाभी ने ही बनाकर दी थी। उनके खाने तक रुकी भी थी वह। सुबह आवाज़ नहीं दी चाय के लिए तब उसे सन्देह हुआ। जाकर दरवाज़ा भड़भड़ाया। माँ ने दरवाज़ा नहीं खोला। खिड़की से देखा कि वह सो रही थीं। सोचा बूढ़ी मानस थोड़ी देर और सो लें। पर तुम्हारी भाभी मानी नहीं। बोली—रोज़ पाँच बजे उठ जाती हैं चाची। चाय देने में देर हो जाये तो फटकारती हुई आवाज़ सुनती हूँ—'ए बहू, सो रही हो क्या? हड़बड़ा कर उठकर सबसे पहले सिर्फ़ उनकी चाय बनाकर पकड़ाती हूँ उनको। मुझे देर हो जाये पर उन्हें देर नहीं होती उठने में।' भागकर मैं, तिवारी और साहू को बुलाकर लाया। पीछे का दरवाज़ा भड़भड़ाया तो साँकल ख़ुद ही खुल गयी। पास जाकर देखा तो चाची दाहिने हाथ की अँगुली नाक के नीचे रखे बड़े आराम से सोचने की मुद्रा में लेटी थीं। सबकुछ वैसा ही था, बस उनकी साँसें नहीं थी। मर गयीं चाची।"

शुक्ला की तन्द्रा तब टूटी जब उनकी अपनी ही आँख का आँसू फ़ोन के रिसीवर पर टपका—'टप्प'।

"क्या"—शुक्ला के काँपते होंठों से अब जाकर आवाज़ निकली।

उधर से विस्मित आवाज़ सुनाई दी—"लो रामायण बाँच गये हम और तुम? माँ मर गयी तुम्हारी।" उधर से आवाज़ तेज़ हुई रिसीवर के बाहर आने की हद तक।

"हाँ महेन्दर हाँ, सुन रहा हूँ मैं।" शुक्ला ने जल्दी से आँखें पोंछीं। इधर-उधर देखकर बोले, "अब क्या होगा महेन्दर?"

"अरे, होगा क्या? अब आ जाओ तुम और नन्दू..." उधर से महेन्दर बोला।

"मैं..." शुक्ला ने थोड़ा अटक-अटक कर कहा, "दरअसल महेन्दर... अच्छा नन्दू को बताया क्या?"

"अब हमारे पास नम्बर धरा है क्या उसका? छह साल से तुम नहीं आये और उससे भी पहले से नन्दू।" उधर से महेन्दर की खिजलाई-सी आवाज़ उभरी।

"छह नहीं यार दो साल से।" शुक्ला ने कहा।

"हाँ यार क्या बहस करें तुमसे अब। दो साल पहले तो तुमने मुँह दिखाई की रस्म की थी। ख़ैर छोड़ो कब तक पहुँचोगे?"

"मैं...क्या बताऊँ यार। साला आया हुआ है गाँव से, बेटी का एडमिशन करवाना है दिल्ली यूनिवर्सिटी में। कल ही है अब ऐसे में उसको छोड़कर...मेरे भरोसे ही आया है न वो इतने रुपये पैसे ख़र्च करके..."

"तो उसको बोल ख़ुद ही जाये न एडमिशन के लिए...जब यहाँ ये हो गया है तो।"

"मजबूरी है यार महेन्दर। समझ न बे..."

"तेरी मजबूरी समझते-समझते मेरे सारे बाल सफ़ेद हो गये। अब तो देख तुझको आना होगा...आख़िर माँ है तेरी वो..."

"हाँ तो क्या? मैं भी जानता हूँ।" बोलते-बोलते शुक्ला की आँख से दूसरा आँसू टपका—टप्प! फिर थोड़ा रुककर बोला, "यार महेन्दर तू ही कर दे न क्रियाकर्म। मैं आ जाऊँगा दो-तीन दिन बाद।"

शुक्ला के हाथ रिसीवर को पकड़े हुए काँप रहे थे। उनकी आवाज़ भी थर्रायी थी। "हद ही हो गयी यार। तू तो बस...इसके आगे कुछ मत बोलना शुक्ला। मैं 55-60 साल की दोस्ती भूल जाऊँगा। समझ गया न।" महेन्दर इतनी ज़ोर से चिल्लाया कि रिसीवर शुक्ला के हाथ से गिरते-गिरते बचा।

"तू समझ न यार मेरी मजबूरी। कितना मुश्किल होता है इतनी बड़ी यूनिवर्सिटी में दाखिला मिलना। एक ही दिन की तो बात है फिर तो मैं आ ही जाऊँगा। बस कल काम ख़त्म होते ही पहली फ्लाइट से

भुवनेश्वर पहुँच जाऊँगा और फिर तीन-चार घण्टे ही और लगेंगे गाँव आने में। तू तो जानता है यार।" शुक्ला गिड़गिड़ाते हुए बोला।

"तू..." महेन्दर कुछ कहता इससे पहले ही शुक्ला ने कहा, "तूने ही तो देखाभाला है माँ को। मुझसे ज़्यादा तो तू ही उसका बेटा है रे महेन्दर। तेरा किया ही ज़्यादा लगेगा उसे।"

"भाड़ में जाये तू और तेरी बातें। मैं जानता हूँ सब कुछ शुक्ला। लेकिन इस बार मैं कुछ नहीं करूँगा। ये तेरी ज़िम्मेदारी भी है और शास्त्रों के अनुसार तेरा कर्तव्य भी। तुझको ही करना होगा और नहीं हो सकता तुझसे तो नन्दू को बोल। मेरे पास न नन्दू का नम्बर है और न मैं उसको फ़ोन करूँगा।" महेन्दर चिढ़ चुका था।

"महेन्दर मेरी बात सुन न रे..."

"कैसा इनसान है तू शुक्ला? लोहा लक्कड़ खाके जन्मा तुम दोनों को शायद चाची ने। सारा गाँव थूकेगा तुम पर अगर ये काम भी मैंने कर दिया। कभी घुस भी नहीं पाओगे यहाँ, समझे शुक्ला। आज पहुँचो या कल, चाहे परसों, काम तुम्हारा है, तुम ही करोगे...बस्स। जब आओगे बता देना। गाड़ी पहुँच जायेगी तुमको लेने हवाई अड्डे।" कहकर महेन्दर ने फ़ोन काट दिया।

शुक्ला रिसीवर हाथ में लिए खड़ा ही रह गया। अब क्या करूँ?

"क्या हो गया? किससे बातें कर रहे थे। बाहर हॉल में भैया कब से इन्तज़ार कर रहे हैं तुम्हारा। शुक्ला जी की पत्नी सुलोचना उनको ढूँढ़ते हुए वहाँ पहुँची।

"कुछ नहीं ऐसे ही।" फिर थोड़ा रुक कर बोले, "माँ मर गयी।"

"क्या?" सुलोचना थोड़ा चौंकी। "इनको भी अभी मरना था। भैया की बेटी का एडमिशन करवाना है न कल? याद है न तुमको?"

"हाँ, याद है, कहा है मैंने महेन्दर से। पर वह मुझसे वहाँ आने के लिए ज़िद कर रहा है।"

"करने दो।" सुलोचना चिल्लाई। "बुढ़िया हमेशा मेरे पीछे पड़ी रहती थी। अब मरने का मौक़ा भी अच्छा ढूँढ़ा उसने। न जाने किस जन्म का बदला ले रही है मर कर भी..." और सुलोचना लाल साड़ी का पल्लू अपने गोरे गालों से लगाकर सिसकने लगी।

"तुम रोओ मत सुलोचना"—गला भर आया शुक्ला का पता नहीं क्यों।

"जब से तुम्हारे साथ बँधी हूँ, रो ही तो रही हूँ अपने भाग्य पर।" सुलोचना ने अपनी बड़ी-बड़ी पलकें झपकाते हुए कहा।

शुक्ला समझ नहीं पा रहा था क्या करे। सुलोचना को समझाये या ख़ुद को। वह कुर्सी पर बैठ गया। छोटू भैया भी वहीं आ गये।

"क्या हुआ सुलोचना? क्यों रो रही हो?"

सुलोचना का सिसकना, करुण रुदन में तब्दील हो गया। पल्ले से आँखें झाँपे-झाँपे ही बोली, "अम्मा चली गयीं भैया।"

"क्या? अच्छा चलो उम्र भी हो गयी थी उनकी। कब तक जीतीं। लम्बी उम्र ले के गयीं।" उन्होंने पैण्ट की जेब से हाथ बाहर निकाले और शुक्ला के दोनों कन्धों को पीछे से पकड़ लिया। थोड़ी सांत्वना पाकर या शायद पता नहीं क्यों शुक्ला को ज़ोर से रुलाई आ गयी। शुक्ला फूट पड़ा।

"देखो शुक्ला, इस तरह इमोशनल होने से काम नहीं चलेगा। नन्दू को फ़ोन करके बता दो कि तुम व्यस्त हो और ये व्यस्तता महत्त्वपूर्ण है। वो जल्दी से गाँव पहुँच जाये और सुलोचना तुम...तुमको तो इस समय अपने को काबू में रखना चाहिए। तुम तो ख़ुद ही..." भैया ने बड़प्पन दिखाते हुए राय दी।

शुक्ला स्थिर भाव से फ़र्श ताकता रहा और सुलोचना का सिसकना बदस्तूर जारी रहा। कमरे के दो चक्कर लगाकर ऊबते हुए भैया बोले "लाओ, नन्दू का नम्बर दो, मैं ही फ़ोन लगाता हूँ।"

"मेरे पास नहीं है।" सुलोचना ने लापरवाही से कहा।

"शुक्ला..." भैया ने कहा। अब तक शुक्ला सँभल चुका था।

"नहीं भैया आप रहने दें। मैं अभी नन्दू को फ़ोन लगाता हूँ। आप तैयार हो लें। 11 बजे तक यूनिवर्सिटी पहुँचना है और रूबी को भी तो लेना होगा बसन्तकुंज से।" शुक्ला ने आँखें तो पोंछ ली थीं पर आवाज़ अभी भी काँप रही थी।

"चलो सुलोचना नाश्ता लगाओ, बड़ी भूख लगी है।" भैया कमरे से बाहर निकले।

"ठीक हुआ भैया जो रूबी अपनी मौसी के यहाँ चली गयी। नहीं तो बेचारी का मूड ही ऑफ़ हो जाता।" सुलोचना मुँह से पल्लू हटाते हुए कमरे से बाहर निकल गयी।

शुक्ला ने दोनों के कमरे से बाहर निकलते ही ज़ोर से साँस ली मानो कह रहा हो—"हे माँ, तुमको भी अभी ही मरना था।" पर वास्तव में

शुक्ला सोच यह रहा था कि कितने अर्से से उसने अपनी माँ से बात नहीं की। कब की होगी उसने आख़िरी बार बात उनसे। शायद दीपावली में, नहीं...नहीं उस समय तो वह पेपर प्रेजेण्ट करने मॉरीशस गया हुआ था। उससे पहले शायद...उसने दिमाग़ पर ज़ोर दिया कब? कब? उसे याद ही नहीं आ रहा। हाँ मिला तो वह दो साल पहले ही था। जब भुवनेश्वर एक कॉन्फ्रेंस में गया था। महेन्दर भी तभी रिटायर हुआ था अपने प्रशासनिक पद से और वापस गाँव में बस गया था। उसी ने जबरदस्ती गाड़ी भेज दी थी और अपनी दोस्ती का हवाला देकर गाँव बुलवा लिया था। और सच ही तो कितना ख़ुश हुआ था शुक्ला गाँव जाकर।

उसने सुलोचना से झूठ कहा था कि "कान्फ्रेंस में अभी दो-तीन दिन और लगेंगे।" और हफ़्ता भर लगा कर गया। माँ ने चूल्हे पर खाना बनाकर खिलाया था उसे, उसके आग्रह पर। गैस थी घर में पर शुक्ला को तो गाँव में बीते अपने दिनों का हर पल हर क्षण जीना था इसी एक हफ़्ते में। लगभग हर रात माँ ने नारियल का तेल लगाया था उसके सिर पर बचे कुछ बालों पर।

"कहाँ गये रे तेरे सिर के बाल मुन्नू?" माँ ने पोपले मुँह से हँसते हुए पूछा था।

"इतना काम मत किया कर बेटा, कुछ समय अपने लिए भी निकाला कर। कितना ख़ुश है तू यहाँ आकर। आ जाया कर जब मन करे।" सिर पर हाथ फेरती माँ ने तुरन्त संशोधन किया। "मैं अपने लिए नहीं तेरे लिए कह रही हूँ बेटा।"

हफ़्ते भर के सात दिन रेत में पानी की तरह कहाँ समा गये पता ही नहीं चला। दिन भर वह और महेन्दर पोखरे, खेत, पहाड़ी, मन्दिर और न जाने कहाँ-कहाँ की धूल फाँकते और पुराने दिन याद करते।

शुक्ला को अचानक याद आया—महेन्दर और उसने पुरानी सब बातें याद की थीं। कॉलेज के दिन, परीक्षाओं की तैयारी, एकतरफ़ा किये गये कई प्रेम। पर याद नहीं किया तो उसके बाद के सुख भरे दिनों को। उन्हें यह तो याद था कि चप्पल टूट जाने पर कैसे वे दोनों पैसों के अभाव में मोची की ख़ुशामद करते रहे थे और जब उन्होंने दूसरे दिन मुरमुरे देने का लालच दिया तब जाकर उसने चप्पल में सिलाई की, लेकिन उन्होंने दिल्ली के महँगे रेस्त्रां में बैठकर कॉफ़ी पी यह याद नहीं किया, या शायद पुरानी यादों की भीड़ में यह याद ही नहीं आया।

जाने के दिन उसने महेन्दर को कुछ पैसे देकर कहा था कि माँ के कमरे के पीछे वाला दरवाज़ा बनवा देना और हाँ उसमें साँकल ज़रूर लगा देना। माँ ने ही कहा था उनको दरवाज़े में चिटखनी नहीं साँकल चाहिए। क्या माँ जानती थी कि उसके मरने पर सब उसी दरवाज़े से आयेंगे अन्दर? तभी तो महेन्दर कह रहा था 'दरवाज़ा भड़भड़ाया तो साँकल ख़ुद ही खुल गयी।' चलते-चलते माँ ने भुने मुरमुरे का डिब्बा पकड़ाया था उसे और उसके बालों को सहलाया था। मुरमुरे का डिब्बा उसने उसी मोची के बेटे को दे दिया था जो अब अपने बाप की जगह दुकान पर बैठता था। और शुक्ला का हाथ अपने-आप सिर के थोड़े बालों पर चला गया।

ओफ्फो, वह भी कहाँ खो गया। नन्दू को फ़ोन करना होगा। उसने अपने मोबाइल पर उसका फ़ोन नम्बर ढूँढ़ते हुए दिमाग़ लगाया, दिल्ली और देहरादून में ज़्यादा फ़र्क़ नहीं है। अगर नन्दू अभी चलेगा तो एक घण्टे में दिल्ली, डेढ़ से दो घण्टे में भुवनेश्वर फिर तीन-चार घण्टे में गाँव। कल सुबह होने से पहले पहुँच ही जायेगा वह वहाँ।

यह सोचते ही शुक्ला को थोड़ा अच्छा महसूस हुआ। नन्दू का नम्बर मिल तो गया पर लग ही नहीं रहा था। बार-बार टीं-टीं बोल कर चुप। कोई और नम्बर? न, नहीं है। ऑफ़िस का भी नहीं। किसी दोस्त का भी नहीं।

और शुक्ला ने महसूस किया कि सचमुच हम सब बहुत बड़े हो गये हैं। उसे याद आया बचपन में एक बार नन्दू स्कूल से घर नहीं पहुँचा था। माँ घबरा गयी थी। तब स्कूल भी दस-पन्द्रह किलोमीटर दूर था। साइकिल में पैडल मारते-मारते किसी तरह रास्ता कट ही जाता था।

"बेटा नन्दू नहीं पहुँचा अभी"—उसके घर पहुँचते ही माँ ने कहा।

"अभी तक?"

"हाँ मैंने रक्कू, लच्छी, तम्बो सबसे पूछ लिया।"

"वे सब आ गये।"

"हाँ।"

"अच्छा, तू रुक, मैं पूछकर आता हूँ।" पता चला स्कूल से तो सब निकले थे साथ-साथ पर 'शम्भो' नदी के बाद वो किसी को दिखा नहीं।

बुरी तरह घबरा गया था शुक्ला। उसने माँ से कुछ नहीं कहा। साइकिल उठाकर भागा उधर ही। माँ की चिन्तातुर निगाहें जैसे उसका

पीछा कर रही थीं। बोलती बहुत कम थी माँ। न सुख दिखाती थी, न दुख। न ग़ुस्सा, न अपमान, न ग़रीबी, न हारी, बीमारी। कुछ नहीं दिखाया उसने कभी किसी को। पर वो तो माँ की आँखें देखकर सब समझ जाता था। 30-35 साल पहले तक, तब भी जब छोटा था और जब रिसर्च कर रहा था तब भी। फिर उसने न समझना कब शुरू किया? जब से सुलोचना की आँखों की भाषा पढ़नी शुरू की तब? हाँ तो शुक्ला को नन्दू मिल गया दो-तीन किलोमीटर दूर जाकर।

''नहाने लगा था भैया'। मिट्टी थी न पीली वाली। ख़ूब रगड़-रगड़ कर नहाया उससे। देखो, कैसा गोरा हो गया मैं।'' कहकर उसने अपने काले-काले, पतले-दुबले हाथ उसके आगे फैला दिये। माँ गाँव के बाहर बने पीपल के चबूतरे पर बैठ कर इन्तज़ार कर रही थी।

नन्दू का फ़ोन नहीं लगा। अब क्या करें? और शुक्ला को याद आ गया राम बिहारी। गाँव में साइकिल बनाता था। फिर पता नहीं कैसे वह भी देहरादून पहुँच गया था। वहीं 'बिहारी साइकिल रिपेयर' नाम की दुकान खोल ली। आख़िरी बार जब गाँव गया था तब मुलाक़ात हुई थी। वह मैरून रंग के काले चितकबरे छापों वाली कमीज़ में रामबिहारी कम 'रासबिहारी' ज़्यादा लग रहा था। उसने पूछा था—''भैया कब आये?'' और फिर बिना ये सुने कि कब आये आगे कहा—''हम भी देहरादून शिफ्ट हो गये हैं आप लोगों की तरह।'' सामान्य दिनों की बात होती तो शुक्ला चिढ़ जाते उसकी इस बकवास से लेकिन इस समय तो वे ख़ुद ही बह रहे थे गाँव की हवा में। उन्हें तो वही रामबिहारी दिख रहा था जिसकी दुकान के बाहर वे और नन्दू खड़े रहते थे अपनी-अपनी साइकिलें ठीक करवाने के लिए। मजाल कि कभी एक पैसा भी लिया हो इसने या इसके बाप ने भी। छोटे भाई का दोस्त बड़े भाई से भला पैसे ले। राम, राम, राम। उसके पिता भी कान में हाथ लगा लेते—''नन्दू तो हमारा बिटुवा है भैया, आप से पैसे?'' कैसा समय था। न कोई बड़ा, न छोटा। बस सम्बन्ध था तो चाचा, काका, ताऊ, दादा, भाई या दोस्त का। नन्दू के साथ पढ़ा था स्कूल में। बड़े भाई जैसा ही सम्मान था उसके मन में। उसी रौ में उन्होंने उसका फ़ोन नम्बर ले लिया था और देहरादून में रह रहे नन्दू का नम्बर और पता भी उसको दे दिया था उन्होंने।

उनको याद आया कितना फटकारा था नन्दू ने शुक्ला को—''क्या आपको ज़रा भी मेरे पद का लिहाज़ नहीं भैया। वह बिहारी तो माना

कि पगला, देहाती है पर आप? श्रद्धा कितनी नाराज़ हुई मुझ पर। अगर यही काम मैं आपके साथ करता तो?'' कहकर नन्दू ने फ़ोन काट दिया। शुक्ला समझ गया था कि रामबिहारी ज़रूर नन्दू के घर धमक गया होगा। तब से तो नन्दू से भी बात नहीं हुई है शुक्ला की।

अहा! चलो नम्बर मिल गया रामबिहारी का। फ़ोन मिलाते समय थोड़ा असहज महसूस कर रहा था शुक्ला।

''हैलो'' उधर से आवाज़ आयी।

शुक्ला कुछ कहता उससे पहले ही वह चहक उठा—''भैया पायलागी, कैसे हैं। यहाँ तो बहुत ही बारिश हो रही है। आपका क्या हाल समाचार है? सब मजे में हैं न?''

शुक्ला का संकोच विलुप्त हो गया। ''एक काम करो रामबिहारी। ज़रा नन्दू के घर जा कर देखो फ़ोन नहीं उठा रहा है वह। ज़रूरी काम है।'' शुक्ला ने जानबूझकर माँ के मरने की बात छिपा दी। वह नहीं चाहता था कि ढेरों प्रश्नों के जवाब दे।

''नन्दू भाई साहब के घर?''—रामबिहारी ने 'साहब' शब्द पर ज़ोर देते हुए कहा। शुक्ला का दिल धड़क गया। कहीं मना न कर दे जाने को। क्षणमात्र चुप रह गये, रामबिहारी और शुक्ला दोनों।

''बहुत ही ज़ोरदार बारिश हो रही है भैया, पर आपका आदेश है तो जाता हूँ। यहाँ से करीब 20-25 किलोमीटर दूर है उनका घर।''

''20-25 किलोमीटर दूर?'' शुक्ला को विश्वास नहीं हुआ।

''हाँ भैया, मैं रहता हूँ रैस्पनापुल और वो रहते हैं गढ़ी में। इससे भी ज़्यादा दूर हो सकता है। और फिर मेरे पास साइकिल ही तो है। अभी निकलूँगा तो टाइम तो लग ही जायेगा भैया। पर आप चिन्ता मत करो, तुरन्त निकलता हूँ।''

''सुनो ऑटो कर लो तुम, जो पैसा लगेगा दे दूँगा तुमको। पर ज़रा जल्दी निकलो।'' शुक्ला बोला।

''क्या पैसा, पैसा भैया। इसके अलावा भी बहुत कुछ है दुनिया में। अच्छा मैं निकलता हूँ। पहुँचकर फ़ोन करूँगा बस आप उठा लेना। प्रणाम।''—उधर से फ़ोन कट गया।

शुक्ला सोच में पड़ गया। रामबिहारी ने ऐसा क्यों कहा 'पैसे के अलावा भी बहुत कुछ है दुनिया में।' उसको सुना गया रामबिहारी। याद दिला गया उसको उसके बचपन के दिन, जिनकी यादों से भागता रहा है

वह। जब से यूनिवर्सिटी में क़दम रखा उस दिन से शुक्ला 'प्रो. उज्ज्वल नारायण शुक्ला' हो गया। मुड़कर नहीं देखा उसने। सफलता और ख्याति तो मानो उसके चारण हो गये। लेकिन आज?

"सुलोचना भैया से कह दो तैयार हो जायें। मेरी मीटिंग है तीन बजे से। मैं उसके पहले ही उनको और रूबी को यूनिवर्सिटी छोड़ दूँगा और सबसे मिलवा भी दूँगा ताकि उन्हें परेशानी न हो।"

शुक्ला ने अब तक ख़ुद को सँभाल लिया था।

"ठीक है, तुम नाश्ता कर लो हम लोग कर चुके हैं। लगा दूँ?" सुलोचना ने भरपूर प्यार भरी नज़रों से शुक्ला को देखा।

"नहीं, मैं तैयार हो जाऊँ पहले और रूबी को भी फ़ोन कर दो तैयार रहे।" कहकर शुक्ला बाथरूम में घुस गया। बाथरूम में शावर चलाकर उसके नीचे खड़ा हो गया। उसे याद ही नहीं कि नहाने के उसने अपने ही बनाये कायदे तोड़ दिए हैं आज। बाथटब में जब तक नीम की ताज़ी पत्तियाँ नहीं हों, वह नहाता नहीं। हर चीज़ दुरुस्त चाहिए उसे। आज न जाने क्यों उसका मन बाल्टी लोटे से नहाने का कर रहा है। उसे गाँव की पीली मिट्टी भी याद आने लगी। सिर पर हाथ फिराया उसने। बार-बार कुछ तलाश रहा था शुक्ला। क्या? पता नहीं। उसने हड़बड़ाकर तौलिया खींचा और जल्दी से ड्रेसिंग रूम में घुस गया।

"आज तो आपको मीटिंग में जाना है न तीन बजे।" सुलोचना ने शुक्ला को ऊपर से नीचे तक देखा।

"हाँ, तो?"

"कपड़े देखे अपने, क्या पहने हैं?"

और शुक्ला झेंप गया। कैसे कुर्ता-पाजामा पहन लिया उसने। पता ही नहीं चला उसको। फिर सँभल कर बोला—"ठीक है यार। चलो जल्दी निकलें देर हो जायेगी।"

सब कार में बैठ गये। सुलोचना बड़ी होशियार है। आज उसने ड्राइवर को बुलवा लिया था। जानती थी कि शुक्ला कम से कम आज के दिन तो ठीक से ड्राइव नहीं कर पायेगा। ऐसे ही थोड़े पसन्द किया था इस हैण्डसम, लम्बे, साँवले, इंटेलीजेंट उज्ज्वल शुक्ला ने ढेरों लड़कियों के बीच से सुलोचना को।

रास्ते भर शुक्ला यूनिवर्सिटी के क़िस्से कहानी सुना-सुनाकर सबको हँसाता रहा। वैसे थोड़ा अन्तर्मुखी है वह और अब तो ऊँचे नाम ने उसे

गाम्भीर्य की चादर भी ओढ़ा दी है। रूबी इस बात के लिए थोड़ा सशंकित थी कि उसका एडमिशन हो जायेगा पीएच.डी. के लिए पर रास्ते भर शुक्ला की मज़ेदार बातों से उसका डर ख़त्म हो गया। वह आश्वस्त हो गयी कि कल होने वाला उसका इण्टरव्यू सबसे अच्छा होगा और होगा भी क्यों नहीं प्रो. उज्ज्वल नारायण शुक्ला फूफा हैं उसके। आज ही उसका परिचय हो जायेगा विभाग के दूसरे प्रोफ़ेसरों से।

शुक्ला बीच-बीच में फ़ोन उठाकर देख लेता। यूनिवर्सिटी पहुँचते-पहुँचते दिन के 12 बज गये। रामबिहारी का फ़ोन नहीं आया अभी तक? शुक्ला अपनी बेचैनी ज़ाहिर नहीं करना चाह रहा था। अपने सहयोगी को बुलाकर रूबी और भैया को उनके हवाले कर शुक्ला कार में बैठ गया। शुक्ला भुवनेश्वर की फ्लाइट में बैठा फ़ोन बन्द करने ही जा रहा था कि रामबिहारी का फ़ोन आ गया।

"भैया। नन्दू तो साल भर पहले अमेरिका चला गया है। परिवार के साथ। आपको बताया नहीं क्या?" उधर से रामबिहारी बोल रहा था।

"ह...हाँ, नहीं।" शुक्ला समझ नहीं पाया क्या बोले।

"उदास लग रहे हो भैया। मेरे लायक काम होगा तो बताना।"

"हाँ रामबिहारी, माँ नहीं रही। आज सुबह पाँच बजे पता चला। महेन्दर का फ़ोन आया था।" कहकर शुक्ला फफक पड़ा।

"चाची..." इतना ही सुन पाया वह कि एअरहोस्टेस आ गयी। "सर, आपको पानी चाहिए?" फिर मुस्कुराते हुए बोली, "आप अपना मोबाइल फ़ोन बन्द कर दीजिए प्लीज़!"

"जी।"

उसे ख़ुद पता नहीं चला था कि कब उसने ड्राइवर से एअरपोर्ट चलने को कहा और कब वह हवाई जहाज़ में सवार हो गया। एअरपोर्ट पहुँचकर उसने ड्राइवर से कह दिया था कि वह मैडम को बता दे कि शुक्ला गाँव चला गया है।

भुवनेश्वर से टैक्सी कर वह सीधे गाँव की तरफ़ बढ़ा। अँधेरा हो चला था। दूर-दूर जंगलों, पहाड़ियों और मैदानों का साम्राज्य था। इक्के-दुक्के गाँव दिखे इनके बीच। उसने टैक्सी चालक से एसी बन्द करने को कहा और खिड़की खोल ली कार की। सोंधी मिट्टी की सुगन्ध को भरपूर अपने अन्दर समा लिया शुक्ला ने—"मुन्नू अच्छा लगा बेटा?"

"माँ?"

चौंक गया शुक्ला। फिर आँखें बन्द कर धीरे-से सीट पर सिर टिका लिया उसने।

रात के तीन बजे अपने गाँव पहुँचा शुक्ला। गाँव के बाहर पीपल के पेड़ के नीचे उसे कुछ लोग बैठे दिखे। वह कार से उतरकर तेज़ी से उधर बढ़ा। गाने की कुछ आवाज़ें आ रही थीं। अरे ये तो कीर्तनियाँ हैं। उसे देखकर लोग अपने हारमोनियम, मंजीरा, ढोलक और खंजड़ी समेटने लगे–''चलो बच्चा आ गया है। हमारी ड्यूटी ख़त्म हुई। अकेला नहीं छोड़ा हमने मालकिन को।''

कीर्तनियाँ जा रहे थे। उनके हटते ही शुक्ला ने देखा दाहिने हाथ की अँगुली, ऊपर के होंठ और नाक के बीच कुछ सोचने की मुखमुद्रा में माँ की पेड़ के नीचे रखी लाश।

और सिर झुकाए बैठा महेन्दर!!!

झूलाघर

तनु को झूलाघर छोड़कर मैंने जल्दी से कायनेटिक स्टार्ट की। हालाँकि स्कूटर की घरघराहट तनु के रोने की आवाज़ को दबा तो नहीं पायी लेकिन उसे हल्का ज़रूर कर दिया। मैं महसूस तो कर रही थी लेकिन मेरी हिम्मत नहीं पड़ रही थी कि पीछे देखूँ। गालों पर लुढ़के आँसू और हिचकियाँ लगातार मेरा पीछा कर रहे थे। एक चित्र-सा सामने आ जाता था तनु का।

"माँ मुझे मत छोलो, मुझे ले तलो।" उसने साड़ी का पल्ला कसकर पकड़े हुए कहा।

"माँ मैं झूलाघर में नहीं लहूँगी, तुम्हाले छात लहूँगी।" और तनु रो पड़ी।

"बेटी, मेरी प्यारी बेटी, देखो मैं नहीं जाऊँगी तो तुम्हारे लिए अच्छे कपड़े, खिलौने और टॉफी कौन लायेगा।"

"अले!" तनु ने गुस्से से मेरी ओर देखा जैसे मेरी इस बात को वह नहीं समझ पायी—"मत लाओ, नहीं चाहिए। मुझे माँ चाहिए। तुम, तुम, तुम!" कह कर वह ज़ोरों से रो पड़ी।

"चुप रहो।" मैं चिल्लाई। "तुम्हारा रोज़-रोज़ का नाटक..." मैं बड़बड़ करती तैयार होने लगी।

तनु सहम गयी और चुपचाप बाहर जाकर स्कूटर पर बैठ गयी।

जल्दी-जल्दी तैयार होकर मैंने ताला लगाया। झूलाघर में तनु को छोड़ना पड़ता है। वहीं से वह स्कूल जाती है और वहीं से वापस आ जाती है। साढ़े पाँच बजे मैं उसे लेते हुए घर आती हूँ।

मेरी नौकरी लगे अभी महीना भर हुआ था। मेरे पति ने नियुक्ति-पत्र मुझे देते हुए कहा—"नीलू बधाई हो।"

"क्या है?" मैंने जिज्ञासा से लिफ़ाफ़ा खोला।

"देख लो।"

"अहा!" मैं ख़ुशी से उछल पड़ी। मुझे विश्वास नहीं हो रहा था। मेरी नौकरी! ओह, ये ही तो सपना था मेरा। एम.ए., पीएच.डी. करने के बाद भी मैं घर में बैठी थी। यह बात मुझे हमेशा बहुत कचोटती। कक्षा में सदैव प्रथम आने वाली मैं जब विवाह बन्धन में बाँध दी गयी तो मुझे लगा अब मेरा कैरियर ख़त्म हो गया। नया परिवेश, नये लोग और नयी ज़िम्मेदारियाँ। फिर एक साल बाद तनु भी आ गयी। दिन पर दिन ज़िम्मेदारियाँ बढ़ती जा रही थीं और मेरी निराशा भी। मेरा सपना था प्रोफ़ेसर बनने का लेकिन अब?

एक दिन बैठे-बैठे मैं पेपर पलट रही थी कि एक रिक्त पद पर मेरी नज़रें टिक गयीं। एक फर्म में ज़रूरत थी। नौकरी अच्छी थी और वेतन भी। मैंने पति से कहा तो वे भी मान गये। बोले–"हर्ज क्या है? भर कर भेज दो फार्म, देखा जायेगा।"

शुरू-शुरू में मैं रोज़ पोस्ट मैन का रास्ता देखती लेकिन धीरे-धीरे मैं इस बारे में भूल गयी। और अब अचानक...।

हम दोनों ने मिलकर ढेरों सपने देख लिए। अब जल्दी ही हम अपना मकान लेंगे, गाड़ी होगी और न जाने क्या-क्या?

"तनु का क्या होगा?" कहते हुए एकाएक मैंने पति की ओर देखा। पति अकसर टूर पर रहते हैं। पूरे समय मैं ही तनु की देखभाल करती हूँ। थोड़ी देर वे सोच में डूबे रहे फिर बोले–"किसी अच्छे झूलाघर में डाल देंगे।"

"हाँ।" इतनी जल्दी इतनी बड़ी समस्या का समाधान हो गया।

एक हफ़्ते बाद मैं ऑफ़िस जाने लगी। सुबह दस बजे पहुँचना होता और साढ़े पाँच बजे छुट्टी मिलती। तनु नर्सरी स्कूल जाने लगी थी जो ग्यारह बजे से दो बजे तक लगता था। उसे मेरे पति स्कूल छोड़ते और दो बजे उसका ऑटो उसे झूलाघर में छोड़ देता। दो हफ़्ते तक तो सब कुछ बिल्कुल ठीक चला। तनु को सिर्फ़ तीन घण्टे रहना होता था झूलाघर में। उन तीन घण्टों में वह सोयी रहती।

फिर एक दिन मेरे पति को टूर पर जाना पड़ा। मैंने उसे सुबह ही झूलाघर छोड़ना शुरू कर दिया। पहले दिन तो उसकी समझ में नहीं आया पर दूसरे दिन से उसने सुबह से ही रोना शुरू कर दिया–

"इतनी प्यारी बेती को छोल कर क्यों जा लई हो? माँ की नौकली

गन्दी।" मैं किसी तरह उसे झूलाघर में छोड़कर भागती।

ऑफ़िस में मुझे सभी पसन्द करते। मेरा काम समय पर ख़त्म हो जाता। किसी को मेरे काम से शिकायत नहीं थी। लेकिन मेरे मन में निरन्तर एक अन्तर्द्वन्द्व बना रहता। घर के काम छूटते जाते। एक शाम को जब मैं किचन में काम कर रही थी तनु मेरे पास ही खेल रही थी। मैंने उससे कटोरी माँगी—"अरे! तुम्हारे हाथ में क्या हुआ?"

मैंने उसे गोद में उठा लिया। उसके हाथ में लाल-लाल चकत्ते से निकले थे।

"नेहा ने काता।" उसने रुआँसी होकर कहा।

"क्यों?"

वह रोने लगी।

"तुमने मुझे बताया क्यों नहीं?" मैंने उसका हाथ सहलाया।

"तुम सुनती कहाँ हो?" आँसू उसके गालों पर लुढ़क रहे थे। "तुम तो काम में लगी लहती हो।"

मैं अवाक् रह गयी। सच ही तो कह रही थी वह। पहले तो दिनभर मैं उसकी बातें सुना करती थी। उसके साथ खेलती थी, उसकी छोटी-छोटी जिज्ञासाओं को, प्रश्नों को हल करती थी। लेकिन उसके अब कुछ बोलने से पहले ही मैं उसे डपटकर चुप कर देती हूँ। मेरे पास समय नहीं है। "मुझे काम करने दो तनु, जाओ तुम खेलो" इस वाक्य के पूरा होने से पहले ही तनु अब चुपचाप बाहर निकल जाती है। उसने मुझे कुछ बताना, कुछ भी पूछना लगभग बन्द कर दिया। मुझे याद आया, एक बार जब मैंने उसके गाल पर निशान देखे थे। मैंने पूछा—"तनु ये कैसे हुआ?"

"आण्टी ने मारा। माँ...।"

मैंने उसके वाक्य को पूरा होने से पहले ही कहा, "क्यों? ज़रूर शैतानी की होगी तुमने?"

"नहीं माँ वो शिखा...।"

"मैं तुम्हें जानती नहीं क्या? ज़रूर दोनों ने शरारत की होगी। जाओ, बाहर खेलो, मुझे काम करने दो।" तनु ने अजीब-सी निगाहों से मुझे देखा और धीरे-से बाहर चली गयी।

ऐसे ही एक बार पहले जब मैंने उसे किसी बात पर एक चपत मारी तो वह "काला-काला कर दिया ज़रा गाल देखो।" कहकर मुझसे चिपक गयी थी और अपने से उसे चिपटाकर मैं भी रोने लगी थी।

क्या मैं उसका बचपन ख़त्म कर रही हूँ। हे भगवान, मैं क्या करूँ?

तनु अब अपने में ही खोयी रहती है। यदि वह कुछ करती रहती है तो मुझे देखते ही चली जाती है या फिर सिर झुकाकर खड़ी हो जाती है और गोद में आने की ज़िद नहीं करती। नन्ही-सी बेटी मुझसे कितनी दूर होती जा रही है। वह चुपचाप कुर्सी पर बैठी रहती है और मैं अपने कामों में लगी रहती हूँ।

मैं ऑफ़िस में प्रशंसा की पात्र बनती लेकिन उससे मुझे कभी भी गर्व महसूस नहीं होता। मैं अन्दर ही अन्दर घुटती जा रही थी। अकसर ऑफ़िस में बैठकर तनु के बारे में सोचा करती वह क्या कर रही होगी। मेरा द्वन्द्व गहराता जा रहा था। साढ़े पाँच बजते ही मैं बैग लेकर तेज़ी से उसको लेने के लिए पहुँचती, किसी अनिष्ट की आशंका से। अकसर ही भीगी पलकों से मेरा सामना होता। वह चुपचाप अपना सामान उठा कर, पानी की बोतल लटकाए, जूते हाथ में लेकर स्कूटर पर पीछे बैठ जाती। दौड़कर मेरे गले से लिपट जाने वाली तनु नहीं है ये। कुछ और ही हो गयी है मेरी बेटी। कैसी माँ हूँ मैं भी। मेरे लिए नौकरी इतनी बड़ी चीज़ हो गयी और बेटी कुछ नहीं। नहीं, मैं कल ही रिज़ाइन कर दूँगी।

घर आकर मैं बड़े तनाव में थी। जल्दी से तनु को तैयार कर उसे खेलने भेज दिया। कमरे में आकर मैं काग़ज़ हाथ में लेकर सोचने लगी—क्या रिज़ाइन करना उचित है। क्या इतनी मेहनत से पढ़-लिखकर घर में बैठना अच्छा लगेगा। मैं अपने पुराने निराशा भरे दिन याद करने लगी। मेरा तनाव कम होने लगा। मैंने काग़ज़ को रद्दी की टोकरी में डाल दिया। रात भर मैं करवटें बदलती रही। सुबह उठकर मैंने फिर काग़ज़ लिया और जल्दी से इस्तीफ़ा लिख डाला।

ऑफ़िस पहुँचकर सबने मुझसे पूछा तबीयत ठीक नहीं है क्या? मैं हिम्मत जुटा रही थी बॉस के पास जाने की। पर्स में मेरा त्यागपत्र था और मैं पर्स को कसकर पकड़े थी। मिसेज़ कपूर मेरे पास आ गयीं। उनकी अनुभवी आँखों ने मेरे अन्दर तक झाँक लिया था। "मैं बहुत दिनों से नोट कर रही हूँ कि तुम कुछ तनाव में हो। शायद बेटी को लेकर...?"

कमाल है इन्हें कैसे पता चला? मैं मन में सोच रही थी। मैं ऑफ़िस में किसी से वास्ता नहीं रखती हूँ। बस काम से काम। मिसेज़ कपूर बड़ी ख़ुशदिल हैं। सबसे मिलकर इन सबका सहयोग करना इनका जैसे धर्म है। कभी-कभी इनकी ख़ुशदिली से मुझे ईर्ष्या होने लगती थी।

मैं स्वभाव से गम्भीर हूँ लेकिन मिसेज़ कपूर जैसा होना शायद सबकी इच्छा होगी।

"नहीं कोई खास बात नहीं।" मैंने उन्हें टालते हुए कहा।

"चलो एक-एक कप कॉफ़ी हो जाये।" मिसेज़ कपूर ने मेरा हाथ पकड़ लिया। मैं लगभग घिसटती हुई उनके साथ कैण्टीन पहुँची।

"देखो नीलू, तुम जितना अपनी परेशानियों को छिपाओगी उतना ही वे तुम्हारे लिए ज़हर बन जायेंगी। मुझे मालूम है कि तुम तनु को लेकर परेशान रहती हो।"

"लेकिन आपको कैसे पता चला?" मैंने प्रश्न किया।

"तुम बहुत कम बातें करती हो पर जब भी बोलती हो तो तनु की बातें करती हो। इतना ही काफ़ी है समझने के लिए।" उन्होंने प्यार से मेरे गाल पर थपकी दी। उनके अप्रत्याशित स्नेह ने मुझे पिघला दिया। मैं रो पड़ी।

"ठीक ऐसी ही स्थिति मेरी भी थी शुरू-शुरू में। लेकिन आज देखो मेरा एक बेटा डॉक्टर है और बेटी प्रोफ़ेसर। दोनों मुझे बेहद चाहते हैं। तुम्हें भला क्या परेशानी है, कुछ नहीं। तुम पर्स में इस्तीफ़ा डालकर घूम सकती हो। मैं ऐसा नहीं कर सकती थी। मेरे दोनों बच्चे छोटे थे। मेरे पति नहीं रहे। नौकरी मेरी मजबूरी थी, कैरियर नहीं लेकिन परेशानियों के बावजूद मैंने हिम्मत नहीं हारी। दोनों बच्चों की माता-पिता भी बनी और दोस्त भी। झूलाघर से बच्चों को घर लाते ही मैं सारी दुनिया भूलकर उन्हीं के साथ खेलती, बातें करती, कभी घोड़ा बनती, कभी जोकर। उनसे अपने काम भी करवाती जिसे वे ख़ुशी-ख़ुशी करते। उन्हें मैंने समझाया था खुलकर कि झूलाघर उनके लिए मेरे बाद सबसे सुरक्षित स्थान है। वहाँ उन्हें दूसरे बच्चों के साथ घुलना-मिलना सिखाया। शुरू में वे रोते थे, तो मेरा दिल दहल जाता था। मैं झूलाघर की संरक्षिका से मिली। उन्होंने मुझे बच्चों की गतिविधियाँ बतायीं। मैंने उनमें सुधार किये। एक महीने बाद मेरे बच्चे ख़ुद ही झूलाघर ख़ुशी-ख़ुशी जाने लगे। तुम भी ऐसा ही करो। तनु को उपेक्षित मत करो। तुम चिन्ता तो करती हो मगर उसकी समस्याओं को नहीं सुलझातीं। उससे बातें नहीं करतीं। तुम उसके झूलाघर के दोस्तों से मिलो, हो सकता है तनु भी तुम्हारी तरह किसी से मिलती-जुलती न हो।"

मिसेज़ कपूर मुझे समझाती चली गयीं और मेरे मन की गाँठें खुलती

चली गयीं। हाँ ठीक ही तो है। मैं तनु को देख-देखकर दुखी होती हूँ लेकिन उससे घुलती-मिलती नहीं। गलती तो मेरी ही है। बच्ची को झूलाघर में डालकर मैंने वहाँ जाकर किसी से मिलना भी ठीक नहीं समझा। चिन्ता में घुलती रही लेकिन व्यवस्थित होने की कोशिश नहीं की। किसी को समझाने की कोशिश नहीं की।

नहीं, मैं स्वयं को बदलूँगी। मैंने इस निश्चय से आँखें उठाकर मिसेज़ कपूर की ओर देखा। उनकी आँखों में सन्तोष था, विश्वास था और थी शान्ति।

मैंने धीरे-से पर्स खोला और वह काग़ज़ निकालकर टुकड़े-टुकड़े कर डाला।

खोटी चवन्नी

माँ की चिट्ठी थी। लिफ़ाफ़े के बाहर लिखा पता बहुत स्पष्ट नहीं था। शायद माँ का हाथ हिलता होगा अब लिखते समय। डाकिया मुझे जानता है। वैसे भी पहाड़ों पर आज भी चिट्ठियाँ आती हैं। आज भी घरवाले मनीऑर्डर का इन्तज़ार करते हैं और डाकिये की शक्ल में आज भी कइयों को भगवान, तो किसी-किसी को यमराज दिखाई देते हैं। माँ को मना करती हूँ मैं चिट्ठी लिखने को—"माँ, फ़ोन पर बात तो हो ही जाती है रोज़ाना। फिर तुम चिट्ठी क्यों लिखती हो।" माँ नहीं मानती और सच तो यह भी है कि चिट्ठी का मिलना मेरे लिए भी किसी त्यौहार से कम नहीं होता। बार-बार पढ़ती हूँ मैं माँ की चिट्ठी। वह ही बस रह गयी है एक चिट्ठी लिखने वाली। मैंने चिट्ठी खोली। माँ सामने खड़ी हो गयी।

प्रिय बेटी

शुभाशीष,

अत्र कुशलम तत्रास्तु। लिखने को कुछ भी ख़ास नहीं है। बातें तो हो ही जाती हैं रोज़ फ़ोन पर। पर कुछ बातें मैं तुमको फ़ोन पर नहीं बताना चाहती। बचा लेती हूँ चिट्ठी में लिखने के लिए। बाहर बर्फ़ गिर रही है। लगभग दो-तीन दिन बाद गिर ही जाती है, पर अब टिकती नहीं है। थोड़ी देर बाद ही पिघल जाती है। शायद बर्फ़ को पता है कि अब तुम लोग यहाँ नहीं हो स्नोमैन बनाने के लिए। अच्छे दिन थे वे भी। अरे हाँ, मिसेज़ विलियम्स नहीं रहीं। बच्चे अब बड़े हो गये हैं उनके। बहुत बड़े। पहचानेंगे नहीं मुझे। मन तो बहुत हो रहा है पर...।

तुमको पता है मैंने चर्च में बज रहे घण्टे को सुनते ही गिनना शुरू

किया था। 70-72 तक गिना भी लेकिन उसके बाद नहीं गिन पायी। फ़ायदा भी क्या?

सबको स्नेह।

तुम्हारी माँ।

अरे मिसेज़ विलियम्स नहीं रहीं। माँ की चिट्ठी ने मुझे छोटा-सा बना दिया, बहुत छोटी बच्ची।

"माँ-माँ सुनो न चर्च में घण्टा बज रहा है।" मैं माँ से कहती।

"हाँ कोई मर गया है शायद।"

"तो फिर गिनूँ कितने बार घण्टा बजेगा।"

"गिनो!" माँ मुस्कुराकर कहती और अपने काम में लग जाती।

दरअसल उस पहाड़ी क़स्बे के नीचे की तरफ़ ज़्यादातर ईसाई रहते थे। वहाँ कोई मरता तो चर्च में उतनी बार घण्टा बजता जितने वर्ष का वह व्यक्ति होता। बाद में हमारे लिए यह खेल-सा बन गया। मिस्टर डेविड 87 के, मिसेज़ मार्क 92 की, अरे बाप रे 92, वे तो 80 ही बताती रहीं आख़िर तक।

अब शायद माँ अपना समय काटती हैं घण्टियाँ गिनते हुए।

मिसेज़ विलियम्स से माँ की कोई गहरी दोस्ती नहीं थी। पर उनको सब लोग जानते थे। वे ग़रीबों की मसीहा थीं। तीन-चार छोटे-बड़े स्कूलों की मालकिन।

गोरी-लम्बी, छोटे-छोटे बाल और चेहरे पर सख़्त-सी मुस्कुराहट। हम उनसे डरते भी थे और रोज़ उनके घर पहुँच भी जाते थे, फूल चुराने। उनके बाग़ीचे में ढेरों गुलाब थे, हर रंग के। कभी पकड़ में आते तो वे सख़्ती से डाँटतीं और टॉफी भी देतीं।

माँ की चिट्ठी पढ़ने के बाद मैं पुराने दिनों को याद करती हुई अपने लॉन में बैठी चाय पी रही थी कि तभी किसी ने फाटक खोला। मैंने फाटक की ओर देखा तो पाया कि एक सुन्दर-सी सम्भ्रान्त महिला फाटक बन्द कर रही थी, जो उससे बन्द ही नहीं हो रहा था।

मैं कुर्सी से उठ गयी—"रहने दीजिए," मैने कहा, "आप अन्दर आ जाइये।"

मैंने अपनी बेटी गुड़िया से कहा कि वह फाटक बन्द कर दे। गुड़िया जैसे ही उसके पास से निकली उसने उसके गाल थपथपाये और बोली,

"आपकी बेटी है? बहुत प्यारी है।" गुड़िया सकपका गयी और नमस्ते करके फाटक की ओर लपकी।

"माफ़ कीजिएगा मैंने आपको नहीं पहचाना।" मैंने हिचकिचाते हुए कहा।

"आप मुझे कैसे पहचानेंगी भला, लेकिन मैं आपको ढूँढ़ते-ढूँढ़ते यहाँ आ गयी।" कहकर वह मुस्कुरा दी।

"लेकिन..." मैं बहुत उत्सुक हो गयी उसे जानने के लिए।

"मैं दिवा हूँ। याद है आपको मेरी?"

"क्या?" मैं आश्चर्यचकित हो गयी।

"क्या तुम सचमुच दिवा हो?" मुझे तो अपनी आँखों पर विश्वास ही नहीं हो रहा था।

"हाँ, हाँ, मैं दिवा ही हूँ। आप अब बिठायेंगी या ऐसे ही खड़ा रखेंगी।" वह मुस्कुरा दी।

"हाँ, हाँ आओ।" मैं झेंप गयी।

दिवा मेरे सामने बैठी थी और हँस-हँस कर बातें कर रही थी। लेकिन मैं सालों पुरानी यादों में डूब गयी।

यह बात तब की है जब मैं आठवीं कक्षा में पढ़ती थी। मेरा स्कूल बहुत दूर था। पहाड़ी रास्तों पर रिक्शा या ऑटो जैसी कोई सुविधा नहीं होती है। इसलिए पैदल ही स्कूल जाना पड़ता था। मेरे स्कूल के रास्ते में बाज़ार, जेल, बस अड्डा, दफ़्तर सभी कुछ पड़ते थे। मेरा स्कूल उस छोटे-से पहाड़ी क़स्बे के अन्तिम छोर पर था।

हम दस-बारह लड़कियाँ रोज़ ही साथ-साथ स्कूल जाती थीं। मैं अभी नयी-नयी आयी थी इस क़स्बे में। इसलिए इतनी दूर पैदल जाने में थक जाती थी। मेरे कारण सभी लड़कियाँ बीस-पच्चीस मिनट पहले ही घर से निकल पड़ती थीं। जल्दी ही मुझे भी चलने की आदत हो गयी। लेकिन अब हमारा क्रम सा हो गया था, जल्दी जाना। सारा रास्ता हम बतियाने, हँसने और खेलने में गुज़ार देते।

एक दिन जब हम स्कूल जा रहे थे तो सामने से दूसरे स्कूल के लड़के तेज़ी से भागते हुए दिखे। मेरे साथ की लड़कियाँ बोलीं—"जल्दी-जल्दी किनारे हो जायें, लगता है आज फिर 'खोटी चवन्नी' का दिमाग़ फिर गया।" जैसे ही हम सड़क के किनारे हुए, मैंने देखा एक गन्दी सी पगली, बड़ा-सा गट्ठर पीठ पर लादे, उलझे, गन्दे, जहाँ-तहाँ बिखरे, छोटे-छोटे

बाल, हाथ में लाठी लिए बदहवास भागती और कुछ बड़बड़ाती जा रही थी। उसके पीछे-पीछे एक नन्ही-सी लड़की, फटेहाल, गन्दी मरियल-सी, रोती हुई चली जा रही थी। पगली दौड़ते-दौड़ते रुक जाती और मुड़कर देखती। फिर एक सन्तोष के साथ आगे बढ़ती। जैसे ही वह आगे बढ़ी हम सब सड़क पर आ गये।

"कौन थी यह?" मैंने पूछा।

"यह 'खोटी चवन्नी' है, पागल है। अगर कोई इसे खोटी चवन्नी कह दे तो फिर यह छोड़ती नहीं। दौड़ा-दौड़ाकर बुरा हाल कर देती है।" साथ की लड़कियों ने बताया।

"उसके पीछे कौन थी? उसकी लड़की है क्या?" मैंने पूछा।

"हाँ, हमेशा उसके साथ रहती है।"

"क्या वह भी पागल है?"

"पता नहीं, लगती तो नहीं है। लेकिन तुम सावधान ही रहना" साथ की सहेलियों ने मुझे समझाया।

हम स्कूल पहुँचे। लेकिन मेरा मन पढ़ाई में एकदम नहीं लगा। बार-बार मुझे लाठी पटकती वह पगली और उसकी नन्हीं-सी बेटी याद आ जाती।

वह पगली कचहरी के पीछे बने बरामदे में रहती थी। वह जगह एकदम उपेक्षित-सी थी। वहाँ घोड़े, गाय, गधे और सड़क के कुत्ते रहा करते थे। उन्हीं के बीच पगली अपनी बेटी के साथ रहती। लोग उसके आगे रूखा-सूखा खाना फेंक जाते। वह खा लेती।

कभी-कभी मेरे साथ की लड़कियाँ भी उसे चिढ़ातीं तो वह लाठी पटकती हमारा पीछा करती और उसकी बेटी उसके पीछे-पीछे रोती-रोती दौड़ती जाती। पगली मुड़कर देखती और फिर आगे बढ़ जाती।

मुझे उसे चिढ़ाना कभी अच्छा नहीं लगता था। न जाने क्यों उसका हमारे पीछे दौड़ना और मुड़-मुड़ कर अपनी बेटी को देखना मुझे बहुत करुणामय लगता। उस समय उसकी आँखों में एक अजीब सा भाव होता—ममत्व, करुणा, दया और बेबसी का। जैसे कह रही हो—"बेटी, मेरा पागलपन तुम्हें भी नंगे पाँव दौड़ाता है। अगर मैं पागल न होती तो तुम्हें भी इनकी तरह स्कूल भेजती।"

कहते हैं कि खोटी चवन्नी एक बहुत रईस खानदान की बहू थी लेकिन उसके पति जल्दी ही गुज़र गये जिसके कारण वह विक्षिप्त-सी

हो गयी। घरवालों ने उसे बहुत सताया तो वह अपनी नन्हीं फूल-सी बेटी को लेकर शहर छोड़ यहाँ चली आयी। न जाने कब लोगों ने उसे 'खोटी चवन्नी' कहना शुरू कर दिया और उसने चिढ़ना। तब से यह क्रम बना ही रहा।

एक दिन मैं बाज़ार जा रही थी। जाड़ों के दिन थे। सामने हिमालय से आता बर्फ़ीली हवा का झोंका पूरे शरीर को कँपा रहा था। मैंने देखा खोटी चवन्नी अपनी बेटी को गोद में लिए बैठी है और एक फटे कम्बल से उसे किसी तरह ढँकने की कोशिश कर रही है। उसकी अँगुलियाँ काँप रही थीं। जब हवा का झोंका तेज़ी से आता तो उसकी बेटी अपनी माँ से चिपट-चिपट जाती। पगली उसे अपने सीने से लगा लेती और बेबसी से देखती। कितनी बेचैन हो रही थी वह। मुझे उन्हें देखकर रुलाई आने लगी। मैंने झटपट अपनी शॉल उसकी ओर फेंका और भागती-भागती घर आयी।

माँ ने पूछा—"तुम्हारा शॉल कहाँ है?" मैंने माँ को बता दिया। माँ ने सिर्फ़ इतना कहा—"नया शॉल क्यों दिया। पुराना ले गयी होती।"

एक शाम जब मैं माँ के साथ अपने घर के बाहर टहल रही थी तो मैंने देखा, खोटी चवन्नी अपनी बेटी का हाथ थामे, गठरी पीठ पर लादे, धीरे-धीरे बड़बड़ाती चली जा रही है। फिर वह एक पत्थर पर बैठ गयी। शायद वह थक गयी थी।

मैंने माँ से कहा, "माँ, ये ही है 'खोटी चवन्नी'।"

"अच्छा," माँ ने उधर देखकर कहा, "तो ये उसकी बेटी होगी।"

"हाँ माँ, सब तो यही कहते हैं। चलिए, पूछें।"

"चलो।" माँ ने मना नहीं किया, क्योंकि वे जानती थीं कि उन दोनों के बारे में सोच-सोचकर मैं कितना उदास हो जाती थी।

माँ ने बचा हुआ खाना एक डिब्बे में रखा और मुझे साथ लेकर वहाँ पहुँचीं। "लो खाना खा लो।" कहकर माँ ने खाने का डिब्बा जैसे ही आगे बढ़ाया, उसने झपटकर ले लिया और अपनी बेटी को खिलाने लगी। उसकी बेटी खाती जाती और वह उसके सिर को सहलाती जाती। उसकी आँखों में आँसू थे। जब बेटी खा चुकी तो वह बचा खाना खाने लगी।

माँ ने पूछा, "क्या नाम है तुम्हारा?"

"जगदम्बा।"

"कहाँ रहती हो?" उसने जवाब नहीं दिया।

"ये तुम्हारी लड़की है क्या?"

"हाँ" उसने सिर हिलाया।

माँ ने उसकी बेटी को अपने पास बुलाया। वह पहले तो झिझकी, फिर पास आयी। माँ बोली, "और तुम्हारा नाम क्या है?"

"देवेश्वरी" वह लगभग छह-सात साल की थी।

"पढ़ना चाहती हो? पढ़ोगी?" माँ ने कहा।

वह हैरान थी अपने चारों ओर देखती। माँ ने फिर कहा, "बेटी तुम्हें नया बस्ता चाहिए? नयी किताबें, कॉपी लाऊँगी तो पढ़ोगी?"

वह माँ को देखने लगी।

तभी पगली बोली, "स्कूल?"

"हाँ स्कूल," माँ ने कहा।

पगली ख़ुश हो गयी—"स्कूल, बस्ता, किताबें।" उसने अपनी बेटी को अपने पास बुला लिया और उसे प्यार करने लगी।

"अच्छा अभी जाओ कल इसी वक़्त आना"—माँ ने कहा और पगली को घर का रास्ता बताया। वह बराबर सिर हिला रही थी मानो सब कुछ समझ रही हो। मैं हैरान भी थी और ख़ुश भी। आख़िर माँ ने ये सब क्यों कहा? कहीं माँ भी तो पगली को...। नहीं, नहीं, माँ ऐसा नही करेंगी।

माँ मेरी परेशानी समझ गयीं। बोली—"शिखा, जब से तुमने मुझे इसकी बात बतायी, तभी से मैं तुम्हें बहुत परेशान देखती थी। पहले तो मैंने ज़्यादा ध्यान नहीं दिया, लेकिन जब तुमने मुझे उसकी बेटी के बारे में बतलाया कि वह कैसे नंगे पैर, भूखी-प्यासी बिलखते हुए दौड़ती है तो मेरा मन दुखी हो गया और मैंने सोचा कि मैं इसके लिए कुछ करूँ।"

'माँ, मेरी अच्छी माँ' मैं मन में सोच रही थी।

"एक दिन जब तुम स्कूल गयीं तो मैं मिसेज़ विलियम्स से मिली और उन्होंने यक़ीन दिलाया कि वह जो बन पड़ेगा, करेंगी।" कहकर माँ चुप हो गयीं।

मिसेज़ विलियम्स एक मिशनरी स्कूल की प्रिंसिपल भी थीं और माँ उन्हें जानती थी। वह अकेली ही रहती थीं।

दूसरे दिन मैं शाम को बाहर खड़ी हो गयी। बहुत देर तक जब वह नहीं आयी तो मेरे मन में तरह-तरह की शंकाएँ उठने लगीं। कहीं वह घर तो नहीं भूल गयी या फिर कल वाली बात ही भूल गयी हो। आख़िर

पागल तो है ही। नहीं, वह नहीं भूल सकती। वह अपनी बेटी को बहुत प्यार करती है। मैंने अपने मन को समझाया।

तभी पगली दूर से आती दिखी। मैं दौड़कर माँ के पास गयी। माँ तैयार खड़ी थीं। वह भी शायद उसका ही इन्तज़ार कर रही थीं। पगली आकर सड़क पर खड़ी हो गयी। माँ ने चप्पल पहनी, शॉल ओढ़ा।

"माँ, कहीं जा रही हैं आप," मैंने पूछा।

"हाँ, तुम यहीं रहो घर पर, मैं अभी आ रही हूँ।" कहकर माँ सड़क पर पगली को अपने साथ आने का इशारा कर चल दीं।

माँ कहाँ गयी होंगी, मैं यही सोचती रही। मिसेज़ विलियम्स के यहाँ, उनके स्कूल या फिर कहीं और माँ बहुत देर बाद लौटीं, लेकिन पगली और उसकी बेटी उनके साथ नहीं थी।

माँ ने आते ही कहा—"मैं दोनों को अब अच्छी जगह पहुँचा आयी हूँ। मिसेज़ विलियम्स ने अपने घर की कोठरी दोनों को दे दी है। वे दिवा को पढ़ाना चाहती हैं। पगली भी ख़ुश है।"

"तो क्या देवेश्वरी का नाम दिवा कर दिया?" मैंने माँ से पूछा।

"हाँ।" माँ ने सिर हिलाया और बोलीं, "देख बेटी, अब उनके लिए परेशान मत होना, वे ठीक से रहेंगी अब। तुम भी अपना मन पढ़ाई-लिखाई में लगाओ।"

"ठीक है माँ।" मेरे पैर ख़ुशी से ज़मीन पर नहीं पड़ रहे थे। मेरी माँ कितनी अच्छी हैं। मेरी भावनाओं का कितना ध्यान रखती हैं। दिवा की माँ भी तो अच्छी है। कैसे देखती थी अपनी बेटी को मुड़-मुड़कर दौड़ते समय। उसकी आँखों में कितनी बेबसी-सी रहती थी। वह उसे सुरक्षा देना चाहती थी, लेकिन विवश थी। अब वह ख़ुश होगी। माँ सबकी ही अच्छी होती है।

माँ कभी-कभी मिसेज़ विलियम्स के यहाँ जाती थीं और उनका हालचाल मुझे बतातीं। शुरू-शुरू में दिवा को स्कूल में सब छेड़ते, कहते, छोटी खोटी चवन्नी। पहले-पहल तो वह ख़ूब रोती, लेकिन धीरे-धीरे वह पढ़ने लगी मन लगाकर। सबने उसे चिढ़ाना छोड़ दिया।

उसकी माँ मिसेज़ विलियम्स के यहाँ छोटा-मोटा काम करने लगी।

इसी बीच पिताजी की बदली हो गयी दूसरी जगह। माँ मिसेज़ विलियम्स से मिलने गयीं। मैं भी माँ के साथ गयी। पगली फूलों में पानी डाल रही थी। मुझे देखकर मुस्कुरायी। कितनी सुन्दर थी वह। तो क्या

वह पागल नहीं है? यह प्रश्न बार-बार मेरे मन में आता। एक बार सोचा इसे धीरे-से 'खोटी चवन्नी' कहूँ, लेकिन यदि यह मेरे पीछे-पीछे दौड़ने लगेगी तो लोग क्या कहेंगे? मैं घर लौट आयी। दूसरे दिन हम चले गये। बाद में माँ ने मुझे बताया कि वह सचमुच पागल नहीं थी। अपनी और बच्ची की सुरक्षा और उससे भी अधिक अपनी पहचान छिपाने के लिए उसने पागल दिखने का कठिन रास्ता चुना था। मेरे मन में बहुत सारे प्रश्न उठे थे पर जवाब ढूँढ़त-ढूँढ़ते भूल चुकी थी मैं उन्हें। शायद माँ भी। धीरे-धीरे मेरी पढ़ाई ख़त्म हो गयी और मेरी शादी भी हो गयी। लेकिन आज अचानक दिवा को इस तरह देखकर मैं चकित थी।

"तुम्हें मेरा पता कैसे मिला?"

"आपकी माँ से, असल में मेरी पोस्टिंग पहली बार वहीं हुई। एक दिन आपकी माँ अस्पताल आयीं। उन्हें बुख़ार था। संयोग से वहीं मेरी उनसे भेंट हुई। उन्होंने तो मुझे पहचाना ही नहीं। जब मैंने उन्हें बताया तो वे भी ऐसे ही हैरान हुई थीं।"

"लेकिन तुमने उन्हें कैसे पहचाना," मैंने पूछा।

"मैं भला उन्हें कैसे भूलती? उन्होंने तो मेरी ज़िन्दगी को नया रास्ता दिया, नहीं तो मैं भी माँ की तरह सड़कों पर दौड़ती और लोग मुझे 'खोटी चवन्नी' कहते।" कहते-कहते उसका गला भर आया।

फिर उसने बताया—"मिसेज़ विलियम्स से मेरी माँ ने आपकी माँ की एक तस्वीर ले कर कमरे में टाँग दी थी और रोज़ दिल से कहती थीं कि यही हम दोनों की भगवान हैं।"

दिवा अपनी माँ की प्रेरणा और मिसेज़ विलियम्स के सहयोग से मेडिकल की परीक्षा में पास हो गयी और अब डॉक्टर है।

"तुम्हारी माँ कैसी हैं और मिसेज़ विलियम्स..." अचानक मेरे मुँह से मिसेज़ विलियम्स भी निकल गया।

वह चुप रही, फिर धीमी आवाज़ में बोली, "मेरी माँ अब इस दुनिया में नहीं हैं। मेरी मेडिकल की पढ़ाई पूरी होते ही...। वे शायद इतनी ख़ुशी बर्दाश्त नहीं कर पायीं," कहकर वह रोने लगी।

मैं चुपचाप उसकी ओर देख रही थी। काफ़ी देर बाद जब वह चुप हुई तो बोली—"मिसेज़ विलियम्स अब बहुत बूढ़ी हो गयी हैं। मैं उनके साथ ही रहती थी जब तक वहाँ रही। पिछले दो-तीन साल से मैं दूसरे शहर में थी। फ़ोन पर बात होती रहती है। अभी चार-पाँच महीनों से

बहुत व्यस्त रही इसलिए बात नहीं हो पायी। अब यहाँ व्यवस्थित हो जाऊँ तो बात भी करूँगी बल्कि उन्हें ले ही आऊँगी अपने पास।'' बहुत ख़ुश थी दिवा।

मिसेज़ विलियम्स के न रहने का समाचार देकर मैं दिवा को दुखी नहीं करना चाहती थी। कम-से-कम आज तो बिल्कुल नहीं। मैं सोच रही थी कि क्या कहूँ तभी गुड़िया बोल पड़ी—''माँ आण्टी यहीं रहेंगी न आज?''

''हाँ बेटी,'' मैंने कहा। ''दिवा, रहोगी न।''

''लेकिन मेरा सामान तो गेस्ट हाउस में है।''

''तो ले आओ।''

''ठीक है,'' वह खड़ी हुई, तो गुड़िया ने कहा ''माँ, मैं आण्टी के साथ जाऊँ।'' गुड़िया उसकी कार में बैठना चाहती थी।

''हाँ, हाँ चली जाओ।''

दिवा ने गुड़िया का हाथ पकड़ा और चल दी। मैं देख रही थी शान से जाती डॉक्टर दिवा को।

❑❑